Gülse Birsel, Şener soyadıyla İstanbul'da doğdu. Beyoğlu Anadolu Lisesi ve Boğaziçi Üniversitesi İktisat Bölümü'nü bitirdi. Üniversitedeyken *Aktüel* dergisinde çalışmaya başladı. Aynı dergide editörlük yaptı, başka dergi ve gazetelere yazılar yazdı. New York'ta Columbia Üniversitesi'nde sinema üzerine yüksek lisans yaptı. 1996'da İstanbul'a döndü, *Esquire* ve *Harper's Bazaar* dergilerinin yayın yönetmenliğini yürüttü. 2001'den 2012 yılına kadar *Sabah* gazetesinde yazılar yazdı. Mart 2002-Mart 2004 arası "G.A.G." programının metin yazarlığı ve anlatıcılığını yaparak televizyona adım attı. Şubat 2004'ten Haziran 2009'a kadar süren "Avrupa Yakası" dizisini yazdı ve dizide oynadı. *Hırsız Var* ve *7 Kocalı Hürmüz* filmlerinde rol aldı. Ocak 2012-Kasım 2014 arasında yayınlanan "Yalan Dünya" dizisini yazdı ve dizide oynadı.

Aralık 2017'de vizyona giren *Aile Arasında* filmini yazdı ve filmin oyuncularından biri olarak rol aldı.

2013-2019 arasında *Hürriyet* gazetesinde yazılar yazdı.

Şubat 2018-Mayıs 2020 arasında "Jet Sosyete" dizisini yazdı ve dizide oynadı.

Aralık 2022'de gösterime giren *Yılbaşı Gecesi* filmini yazdı ve filmde oynadı.

Elinizde tuttuğunuz yedinci kitabıdır. Yaşamı boyunca istediği iki işi, yani yazarlık ve oyunculuğu yapmakta, bir de üzerine para almaktadır. Hayatından memnundur.

DOĞAN KİTAP TARAFINDAN YAYIMLANAN DİĞER KİTABI

Memleketi Ben Kurtaracağım!

BENİ GÖZÜNÜZDE BÜYÜTMEYİN!

Yazan: Gülse Birsel
Editör: Handan Akdemir

1. baskı / Mayıs 2024
75. baskı / Ağustos 2024 / ISBN 978-625-6666-56-6
Her 2000 adet bir baskı olarak kabul edilmektedir.
Sertifika no: 44919

Kapak tasarımı: Cüneyt Çomoğlu
Kapak fotoğrafı: Zeynel Abidin
Sayfa tasarımı: Gökçen Yanlı
Baskı: Mega Basım Yayın San. ve Tic. A.Ş.
Cihangir Mah. Güvercin Cad. No: 3/1
Baha İş Merkezi. A Blok Kat: 2
34310 Haramidere-İstanbul
Tel. (212) 412 17 00
Sertifika no: 44452

Doğan Yayınları Yayıncılık ve Yapımcılık Ticaret A.Ş.
19 Mayıs Cad. Golden Plaza No. 3, Kat 10, 34360 Şişli – İSTANBUL
Tel. (212) 373 77 00 / Faks (212) 355 83 16
www.dogankitap.com.tr / editor@dogankitap.com.tr / satis@dogankitap.com.tr

Beni Gözünüzde Büyütmeyin!

Gülse Birsel

22/07/2025
Oya ER
Serdivan AVM
D&R

Doğan Kitap

İçindekiler

Başlarken ... 9

Siyasete girmeyeceğim, kolumdan çekiştirmeyin! ... 11
Politikada yerel lezzetlerin yeri ve önemi ... 17
Yeme içme sektörünün içyüzünü ifşalıyorum! ... 21
Yıllarca kendimi afet sandım, helal olsun özgüvenime! ... 27
Modaya inanma modasız da kalma! ... 43
Spora Olimpiyatlardan başladım ve zirvede bıraktım! ... 55
Eziklik deyince de ben! ... 63
Endoskopinin püf noktası: Ünlü bir sanatçının vurulmadığı haftaya denk getirmek! ... 71
Kızları da alın askere! ... 79
Evlerdeki tüylü dostlarımız: Erkekler ... 89
Aşk meşk, flört, "çıkma" ve diğer baş belaları ... 101
Orta yaşı yanaklarından öpüyorum! ... 115
Her şey mal mülk, her şey para pul! ... 123
Seri katil komşulardan kaçmanın yolları! ... 137
Tabiatla fazla samimiyet sakat iştir! ... 143
Pedagojinin (denenip başarılı olmuş) püf noktaları ... 159
"İçerik" nedir, ne değildir? ... 171
Sette hayatın tadı çıkarılmaz, sadece hayatta kalınır! ... 179
Arabesk rap'i anlayıp dinleme kılavuzu ... 189
Genç kalmak ve mutlu yaşamak için hızlandırılmış bir kişisel gelişim kitabı! ... 195

Beni gözünüzde büyütmeyin! ... 205

Başlarken

Restoranda boş bir masaya oturmak üzereyim.

60 küsur yaşlarında kalantor bir abi, beni gördü, hop, hızlı ve kararlı adımlarla karşıdan gelmeye başladı. Kaşları çatık. İfadeyi, hali tavrı görünce dedim ki eyvah, herhalde yanlışlıkla onun rezervasyonlu masasına çöktüm!

Geldi, geldi... Bana eğildi. Tiyatrocu olsa en arka sıraya repliği duyurma konusunda sıfır problem yaşayacak, küçük tekneleri ve öğle rakısını seven, davudiliğine rağmen insülin dirençli ve reflülü sesiyle şöyle dedi: **"Hanfendi gastede yazmayı bıraktınız, bakın ülke ne hale geldi!"** Bana bakıp kafasını salladı, görevini yapmış bir edayla döndü gitti.

A aa!

Alışık değilim, azarlanınca lal olurum! O gece aklıma mükemmel cevaplar, nefis kapaklar gelir ve müteakip haftayı niye o bomba cevabı anında patlatmadığım konusunda hayıflanmakla geçiririm.

"Bakın ülke ne hale geldi" mi? Ben gazetede yazmıyorum diye mi bu hale geldi? Beni gözünüzde büyütüyor olabilir misiniz biraz? Tek başıma bu kadarını yapmış olamam beyefendi, belki başka birilerinin de biraz katkısı vardır? Benden daha yetkili birilerinin mesela!

Bu olay son yerel seçimlerden önce oldu ve memleketin durumuna dair suçlu arayan bir serzenişti.

Ama canım sevenlerime pek çok konuda selam verip borçlu çıkarım.

"Bu hafta dizi niye ara verdi, çekemediniz mi bari kısa bir şey?" (Kısa bir şey?)

"Bak size bedava fikir, Burhan'ın filmini yapın." (Şeytanın aklına gelmez!)

"*Aile Arasında*'dan bir tane daha çekin, döndüre döndüre ezberledik artık. Bir haftada yazarsınız, böyle boş duracağınıza!" (Boş duracağıma mı? Ve bir haftada mı?)

Hatta **"Sizin yüzünüzden gülemiyoruz"** diye iltifatımsı başlayıp, **"Dizi yok, film yok, kitap yok, burada laylay gezinmeyi biliyorsunuz ama!"**ya varan fırçalar.

İşe gelmemiş çalışanını gündüz saati barda yakalamış patron otoriterliği var benim kitlede! Sokağa çıkmaya korkar oldum vallahi.

Niye yazmıyorsun? Niye güldürmüyorsun? Ne yapıyorsun bütün gün?

Peki o zaman kıymetli mizahsever...

Aha yazdım!

Buyurun okuyun, birlikte neşemizi bulalım!

Gülse Birsel, Mayıs 2024

Siyasete girmeyeceğim, kolumdan çekiştirmeyin!

Sizce ben Ankara'da yaşayıp sabah erken kalkacak, döpiyes ve ucu yuvarlak kısa topuklu kadın siyasetçi ayakkabısı giyecek bir tip miyim? Beni üzüyorsunuz!

Memleketi Ben Kurtaracağım diye kitabım var ya, diyorum ki belki de o yanlış anlaşıldı.

Bu cümle gerçek bir vaat değildi sevgili vatandaşım!

Özellikle son 10-15 yıldır Cumhuriyet ve laikliğin muhafızı gibi görülmeye başlandım. Güzel. Elbette ben de her vatansever de, zaten duruş olarak öyleyiz. Sosyal medyada slogan atmayı sevmem. Başkasının sloganına, hashtag'ine katılmaktan da hoşlanmam. Zira şükür elim kalem tutuyor. Bunların yerine yıllarca gazetede yazarak anlattım derdimi. Tabii sadece okuma alışkanlığı olan okudu, o ayrı.

Ama benden beklenen, duruş veya demin anlattığım öğle rakısı abi gibi gazete yazısı değil, aktif siyasete uçan tekmeyle giriş!

Derhal (artık cumhurbaşkanlığı mı olur, parti başkanlığı mı) siyasi bir pozisyona adaylığımı koymam, döpiyesimi giyip hızlıca sığınmacıları, ekonomiyi, laikliği, demokrasiyi, hukuku filan çözüp ülkeyi kurtarmam, akşamına da en az 180 dakikalık çok komik bir diziyle neşeleri yerine getirmem bekleniyor.

Siyaset ve ben?

Beni gözünüzde çok büyütüyorsunuz!

Ben evet, kâh aylarca günde 18 saat çok sıkı çalışan, ama bazen de üç ay kıpırdamadan plajda yatan biriyim!

Kafama göre takılmayı, partileri, bazen günlerce eve kapanıp uyumayı, seyahatlerde bütün gün sokakta dolaşmayı severim. Bazen bir hafta durmadan senaryo yazar, güpegündüz hayal kurar, ara sıra çalışmaktan, bazen tatilden, seyrek de olsa yalnızlıktan, durduk yerde sosyallikten sıkılırım.

Sağım solum, o günkü mood'um belli olmaz. **Siz sanıyorsunuz komedinin CEO'suyum, oysa ben bazı günler ruhen "mizahın divası"yım!**

"KİŞİLİĞİMDEN DİŞİLİĞİMİ GÖREMİYORSUNUZ"*

Mesela son yıllarda biraz gayriciddilik arıyorum. **Fiziğimle gündeme gelmek istiyorum örneğin! Evet ne var? Yetti ya hep meslek hep meslek!**

---

* "Yalan Dünya"dan bir Açılay Tan repliği.

Dergilere filan moda çekimi yapmaya, kapak olmaya bayılıyorum. Şurada üç-beş yıl daha istediğim her şeyi giyebilirken, kâr kârdır.

Ama adım çıkmış dokuza inmiyor sekize.

Geçen, payetli bir elbise getirdiler çekime. Elbisenin önü kollu butlu, kapalı yakalı, düz mini bir kokteyl elbisesi. Arkası ise yok! Sırt tamamen açık, belin son noktasına kadar. Önden yeşil türbe, arkadan estağfurullah tövbe elbisesi! Fazla mı iddialı bilemedim ama bir deneyelim dedim. O poz bu poz, moda fotoğrafçısı da tanıdık, verdi gazı "Süper süper" diye...

Sırttan bir kare çekilmiş ki, ohoo. Elbise değil de sanırsın çok kısa bir etek ve iki eldiven giymişim! El belde, arkamı dönüp, öteki elimi çeneme koyup, dudakları büzüp cazip bir bakış da atmışım. **Yav sen kimsin? Mizahın divası desem de değil ki. Gizem Özpamuk bu!**

Ya herrü ya merrü, o poz yayımlandı! Duramadım, güzel çıkmış, Instagram'a da bastım.

İnsan bari bir alev malev atılsın istiyor.

Ve fakat ne mümkün. Alttaki yorumlar:

"Ülkeyi yönetmesi gereken insan budur!"

Ney? Nereden anladınız bunu acaba, simli sırtımdan mı anladınız?!

"İşte Cumhuriyet kadını!"

Ya beyefendi şu poza bir bakın, Cumhuriyet böyle bir şey mi, rica ediyorum ya?

"Tabii, çünkü hanımefendi burada arkasını dönüp bakmış ve eli çenesinde düşünüyor. Yani pozuyla demeye getiriyor ki, geçmişi, arkamızda bıraktığımız mücadeleleri hiç unutmamalıyız!"

Hey Allahım...

Aşırı ciddiye alınıyorum. Gözlerde aşırı büyütülüyorum. "İşte Cumhuriyet kadınının özü, mayası, hammaddesi", "Ver bu kadına kültür bakanlığını, hatta ekonomiyi, dışişlerini, kültürü birleştirip ver, ya da dur, ver ülkeyi komple, yönetsin" filanlar... Füfüü.

İnsan utanıyor da. Diyorum ayıp oldu o elbise, bari bir uzun ceket meket alaydım üzerime. Hani vatandaş böyle bir teveccüh gösteriyorsa.

Ama yoo! Siyasete girmeyeceğim!

Bakın ben 12.00'de kalkıyorum! Saat kurarak! Normalde 13.15 gibi anca.

Meclis 14.30 civarı açılırsa teklifleri değerlendirebilirim. **Vekil arkadaşlarla 22.30'a kadar çalışır, güzel bir akşam yemeğinden sonra after'a bağlarız.**

Gerçi saatler değişse de Ankara değişmez. Kara iklimi. Soğuk. Boynum tutulur. Ha meclis kışın İstanbul'da, yazın Bodrum'da olursa düşünebilirim.

Ama bir kırmızı çizgim var: "Kadın siyasetçi ayakkabısı!"

KADIN POLİTİKACININ VAZGEÇİLMEZ KARNIYARIĞI

Gözünüzün önüne getirin evrensel kadın siyasetçi ayakkabısını: **Ucu yuvarlak, babet gibi. Ama babet gibi düz değil, iki-üç santim kalın topuklu, şahsiyetsiz bir ara boy! Ve dekoltesiz, yani parmakların dibi hiç görünmeyecek şekilde kapalı.**

Bildiniz değil mi? Meral Akşener giyer, Tansu Hanım giyerdi, Hillary Clinton, Angela Merkel giyerdi, Kraliçe Elizabeth bile giyerdi. Hah o işte!

Bu ayakkabı siyahsa, içine de koyu ten rengi pantolon çorabı giydiysen, ayaklar da şiştiyse, oluyor sana patlıcan karnıyarık!

Oysa Avrupa prensesleri, ne bileyim Fransa first lady'si, fıstık gibi seksi stiletto'lar giyiyorlar. Niye? Çünkü onların siyasi bir etkisi yetkisi yok. Oysa yukarıda saydığım isimler neredeyse her zaman bu modeli giydi.

Şu çok net: Devlet yönetiminde söz hakkı istiyorsan o karnıyarıkları giyeceksin!

Ve ben, giymeyeceğim!

Demek ki siyasete de girmeyeceğim!

Yani gerçek hayatta. Yoksa bu kitapta belki biraz girerim! Tam girmesem de ayaklarımı sokup acık serinleyip çıkabilirim, hihii.

Ya siz var ya siz! Yine başımı belaya sokacaksınız!

hangi yörenin ne lezzetini tercih ettiğini anlatacaksın, elin mecbur!

"Enerji için Malatya'dan kayısı pestili yiyorum, Urla enginarı karaciğere iyi geliyor, Ordu'dan fındık gönderiyorlar, kuşluk vakti bir avuç güp güp yutuyorum" filan. Bu bilgiler bize lazım. Ekmeğin karabuğday mı, zeytinyağın, tereyağın hangi şehirden geliyor, hepsini bilecek vatandaş! **Halka hesap vermek budur! Şeffaf yönetim budur!**

Ertesi gün de o bahsettiğin ürün, artık Anzer balı mı, kuşburnu çayı mı, altın çilek mi her neyse, illaki yok satacak! Hayır, ben yarım yüzyıldır bizim siyasilerden çok fit, aşırı sağlıklı görünen kimseyi de hatırlamıyorum. Ama bir şekilde halk siyasette gücü olan insanın vücudunun da güçlü olacağına inanmış. Ne duysa, ertesi gün koşuyor çarşıya pazara, alıp yiyor içiyor.

Ayrıca bizde yemeyen siyasetçi de olmaz. **"Yemeyen siyasetçi olmaz" derken, ya sizin içiniz fesat, yemin ediyorum!** "No pun intended" derler İngilizcede. Yani mecazi anlamlarına gitmeyin! Diyorum ki yemeyen, yani iştahsız siyasetçi bizde tutmaz.

Siyasetçiysen, yöre yöre dolaşırken herkes ağzına bir şey tıkacak, sen de yiyeceksin kardeşim! Mecbursun. İkramı reddedemezsin! Ev hanımları sokakta börek ikram edecek, kahvede kurabiyeler, lokumlar gelecek, çarşıda yerel peynirler, cevizli sucuklar uçuşacak, açılışlarda ağzına baklava tıkacaklar, nereye gitsen o yörenin kebabı illa tadılacak!

Hem yiyeceksin hem neler yediğini televizyonda uzun uzun anlatacaksın! Başka türlü tutunamazsın.

Sonra kadın siyasetçilerin ayakları niye şişti de o ayakkabılarla karnıyarık oldu? E işte böyle oldu! Dikkat et, siyasete giren göbek bağlar, kilo alır. En fıstık, en dikkat eden insan bile. **Tansu Çiller 36 beden başladı, siyaseti bıraktığında 44 bedendi! Kaçamazsın!**

GANDHİ O İŞTAHSIZLIKLA BİZDE TUTMAZDI

Bizim siyasette, misal Gandhi olsa tutmazdı. Ne halka ne medyamıza hitap ederdi:

– Mahatma Bey, kahvaltıda neler yiyorsunuz?

– Açlık grevindeyim.

– Nasıl? Bal yemiyor musunuz? Hiç mi? Kars gravyeri? O da mı yok? Beyefendi ne konuşacağız o zaman?

– Britanya'nın vergisine karşı Tuz Yürüyüşü yapmıştım, onu konuşalım?

– Süper! Tuz! Kaya tuzu mu? Nerenin tuzu efenim? Çankırı tuzu çok iyidir derler, oranın mı? Yemeklerin üstüne mi koyuyorsunuz yoksa sabah aç karnına bir kaşık mı yutuyorsunuz? Bir de, kesin bal yemiyor musunuz? Net mi bu?

Belki benim siyasete girmem konusundaki arzu bundan kaynaklanıyordur. Hangi sütün kaymağı, hangi yörenin çileği makbuldür, yoğun çalışırken tahin helvası ne kadar enerji verir, hepsi bende! Sabaha kadar anlatırım. Sadece bu konuları içeren ulusa sesleniş bile yapabilirim haftada bir.

Ulusa sesleniş yapmayacağım, ama son dönemin yeme içme kültürünü saçından tutup biraz yolacağım şimdi. Dur sen!

Yeme içme sektörünün içyüzünü ifşalıyorum!

Nohudun arkasındaki lobilerden granola'nın esas kimliğine, çiğköfte dürümden yulaf sütünün perde arkasına, gıda sektörünün gerçek yüzü ortaya çıkıyor!

Kiremit tozundan üretilen kırmızı biber, bezelyeden yapılan antepfıstığı filan anlatmayacağım. Bu işlere zabıta baksın.

Ben haksız reklama, şişkin övgüye, abartılı fanfin sunuma karşıyım!

Bir kere yeme içme sektöründe de bence güzel sanatlar gibi "Her şey daha önce yapıldı" iddiası doğru olabilir. Yemekte icat bitmiştir. **Kanımca bunun ülkemizde son yıllardaki tek istisnası çiğköfte dürümdür.** Uzun zamandır tekrara düşen fast food piyasasına yepyeni bir soluk getirmiştir.

Severim, yerim. Ama çiğköfte dürüm dediğimiz şeyin de sonuçta buğdayı buğdayın içine sarıp yemek olduğunu unutmayalım. **Bir adım ileri gidip iyice buğdayı buğdaya buğdayla anlatmak isteyen deneysel bir girişimci, çiğköfte dürümü kelebek makarna ve sarmısaklı ekmekle servis eder ve hikâye artık burada biter. Çünkü bir öğünde buğdaydan daha fazla bir verim alamazsın!**

Çiğköfte dürüm hesaplı fiyatı, ayaküstü yenmesiyle alçakgönüllü, haddini bilen bir yerdedir kanımca.

DÜNYAYI YÖNETEN BEŞ AİLE NOHUDUN ARKASINDA!

Oysa nohut son yıllardaki nedeni belirsiz şöhretiyle haksızca sınıf atlamıştır!

O nasıl bi önlenemeyen yükseliş, nasıl akıl almaz bir parlak kariyerdir! Sen kimsin ki ya? Sen 10-15 yıl önce salçalı leblebi değil miydin? Ne ara şampanyalı davetlere, galaların after'larına girdin? Her partide bir "falafel" rüzgârı! Öyleli falafel böyleli falafel, falafel köftesinden mini burger, pancar püresi yatağında falafel! Bir kere senin o yatakta ne işin var? Kalk ızgara levrek yatsın orada!

Kapıdan kovuyorsun, bu sefer humus olup yine en lüks event'lere giriyor! Medeni dünya "humus dip"e sebze banmadan eğlenemiyor! Yetmiyor, somonun yanında beliriyor, avokadoyu, nasıl kabul ettirdiyse bünyesine katıyor!

Nohut unundan yapılmış kukiler, cheesecake'ler...

Nasıl mükemmel bir kariyer yönetimidir bu. Nohudun menajeri benim menajerim olsaydı 3. Oscar'ımı almıştım.

Eğer dünyayı yöneten beş aile bir şeyin arkasındaysa bence bu nohuttur!

Başlamışken hak etmediği kadar havalı lanse edilen gıdaların ipliğini pazara çıkarmaya devam ediyorum.

GRANOLA, WRAP, BOWL, YULAF SÜTÜ ASLINDA NEDİR?

Granola lezzetsiz kuru aşuredir, bununla yüzleşelim.

Wrap diye isimlendirilen şey dümdüz dürümdür, adlı adınca söyleyelim, boşuna havalara sokmayalım.

Bowl denen şeyi zaten Allah alsın! "Bowl" ha? Aynı kâsenin içinde tavuk sote, pilav, salata, zeytinyağlı sebze. **Bu bowl değil, bu 80'lerde bulaşık makinası gelmeden önce bütün annelerin servis mantığıdır!** 1983, yazlık evde annem az bulaşık çıksın diye her şeyi aynı tabağa koyup veriyor, ben arıza çıkartıp "Pilavım sulu sulu oldu" diye ağlıyorum, annem bana bağırıyor. Bowl budur!

Ama yulaf sütü, arsızlıkta hepsini aşar bence.

Öncelikle yulaf sütü, hindistancevizi sütü, badem sütü filan... Bir konuyu netleştirelim: **Meme yoksa süt de yoktur aşkım!**

Ama yine badem ve hindistancevizi sütleri en azından aromalı, yağlı meyve suları olarak nitelendirilebilir. Bu ikisinin bari besin değeri, lezzeti vardır, kabul.

Yulaf sütü nedir, nasıl yapılır, biliyor musunuz?

Yulafı ıslıyorsunuz. Evet mercimek ıslar gibi. Bekletiyorsunuz. Sonra ıslak yulafın suyunu sıkıyorsunuz **ve aslında "yulafın yıkama suyu" diyebileceğimiz şeyi, mis gibi inek sütünün üç katına satıyorsunuz. Bu!**

Yulaf sütü süt değil nitelikli dolandırıcılıktır!

Ayrıca varsay ki bütün sütlerden ucuz. Yoklukta mıyız kardeşim? Birinci Dünya Savaşı'nda şeker yok diye kuru üzümle çay içilmiş, o zaman bile süt niyetine yulaf suyu içilmemiştir bu topraklarda, ne bu yahu!

Yıllar içinde restoran mönülerinden bir de şunu öğrendim: **Bir yemeğin özgeçmişi benimkinden uzunsa yemem!**

Tabaktaki ekmeğin buğdayının yetiştiği Anadolu bölgesinin uygarlıklar tarihinden, domatesin tohumundan yemeği anlatmaya başlıyorlarsa, anla ki saçma sapan bir şey yiyeceksin. Gerçekten lezzetli bir yemeğin adı kısa olur. Misal: İskender!

Kimse dönerin yapıldığı ineğin çocukluğunu, yediği otları, pidelerin buğdayının hangi medeniyetten beri süregelmiş tohumla dikildiğini filan anlatmaz. **İskender! Bitti. İskender İskender'dir. İçliköfte. Bitti. Marka markadır. Ajda! Tarkan! Aynı hesap. Anladın?**

Hepsi nimettir, pekâlâ. Ama bazı yiyeceklerin, lüks bile sayılsa, aşırı baş tacı edilmesi de beni hayattan soğutuyor.

SİZİN YÜZÜNÜZDEN KALAMARA TAVIRLIYIM

Misal herkesin Yunanistan ve Türkiye'nin imkânlarını karşılaştırırken kalamardan örnek vermesi? Ne ama o öyle?

Bildiniz di mi tayfayı?

"Atina'ya gittik, iki kişiyiz bak, peynir, uzo, salata, kalamar söyledik! Kalamar ha! Bak, bir koca tabak kalamarrrr, inanabiliyor musun! **Kalamar yiyoruz yani, boru değil!** 10 yüro verdik çıktık."

"Geçen komşuya gittik, adalara. Akşam donattık sofrayı, kalamar filan akıyor kokuyor! **Full kalamar, her yer kalamar, dağ taş kalamarrr!** 20 yüro! Kalamar vardı demiş miydim?"

Yetti ha!

Hayır buğday fiyatı gibi bir ölçü birimi filan da değil ki kardeşim kalamar fiyatı!

Anladık Yunanistan'da restoranlar daha ucuz. Ama bir insan ne kadar kalamar yiyebilir ki yahu? Haftada bir-iki yersin, fazlası çekilmez. Lastik gibi bir şeydir kalamar! Niye beslenmenin temel taşı muamelesi görüyor? Ne açmışsınız abi şu kalamara!

Şuncacık gariban hayvana düşman oldum Yunanistan'a tatile gidenler yüzünden!

Kalamar yasaklansa hiç üzülmem yemin ediyorum! Tut ki nesli tükendi. Bir daha kalamar yemesek n'olur ki? Ne kaybederiz?

Bak Ezine peyniri filan yasaklansa mahvolurum. İsyan ederim.

Sokağa çıkarım yeminle. Pankart açarım. Slogan atarım. **"Eziine Eziine, karşıyız bu düzeene!" Bilmiyorum, bulurum bir şey.**

Yine mi siyasete bağladım, n'oldu?

Bir şeyler yiyeyim, şekerim düştü.

Yıllarca kendimi afet sandım, helal olsun özgüvenime!

Fiziğinizle ilgili iltifat duymak istiyorsanız çapkınlara ve arkadaşlarınıza, gerçekleri duymak istiyorsanız babanıza veya yönetmeninize sorun.

Dedim ya bazı alanlarda gözlerde büyütülüyorum. Hayat hikâyem bu.

İşimde gücümde, sorumluluk aldığım alanlarda çok iyiyim, tamam. Ama olmadık alanlarda son 10 yılın nohudu muamelesi yapılıyor bana!

Alakam olmayan konularda hak etmediğim fırsatlar veriliyor.

Dört notaya anca ulaşabilen sesimle Sezen Aksu şarkıları konulu bir tribute albümde şarkı söyledim. (İşte bu, tamamen galaya sızmış ve avokadoyu kendisine katılmaya ikna etmiş humus'luktur!)

Bu burunla Barbie bebeğim yapıldı! (Bu yazı aslında fiziğim ve fiziğimi gölgede bırakan o burunla ilgili!)

Sporla, bilhassa koşuyla hiç alakam olmamasına rağmen Olimpiyat meşalesi taşıyarak koştum! (Bu hikâyeyi ilerleyen sayfalarda anlatacağım.)

Onun için kazara Ankara'ya gittiğim ve tesadüfen etek ceket giydiğim bir gün sokakta yakalayıp yaka paça Meclis'e götürüp bakanlık verecekler diye tırsıyorum. (O bakımdan önlem olarak kitaba siyaset konusundaki isteksizliğimin altını çizerek başladım!)

Ezcümle, demin belirttiğim gibi artık fiziğimle gündeme gelmek istiyorum. Ve bu noktada biraz fiziğimden bahsetmek istiyorum!

Yine hak etmediğim biçimde her şeyi iyi yaptığım yanılgısından yola çıkılarak müthiş sağlıklı beslendiğim, çok düzenli spor yaptığım sanılıyor!

"Her şeyi güp güp yerim, kaymak, tahin helvası, profiterol, getirin, hepsinin hakkından gelirim" dediğimde ayak atıyorum, kuntizlik yapıyorum zannediliyor. Nedense hinoğluhin bir imajım da var, oysa saftiriğin tekiyim! Spor yapsam burada sabaha kadar anlatmaz mıyım ya, beni biliyorsunuz.

Şanslı genlerimle hava atmaya da çalışmıyorum vallahi, ki atsam atarım. Kolay kilo almıyorum evet, ama alıyorum! Her kış üç-dört kilo alıp, yazın sıcaktan veririm. **35 yaşından beri de her yıl itinayla 150 gramı sabit koleksiyonuma eklerim. Çünkü her gramın anısı var, bazı şeyleri arşivlemek lazım!** (Gençler, 35 yaşına sıska giriniz, sonra rahat edersiniz.)

Genelde kendimden memnunumdur.

Hep vücudumun gideri, yüzümün bir gidesi vardır. ("Yalan Dünya"daki espri evet. Kendi şakalarımı tekrar kullanabilirim. Devir recycling devri.)

Kiloyu çok kafaya takmam, siz de takmayın. Fazlalıklar göbekteyse gazdır. Kolda bacaktaysa kastır. Kas iyidir. Kalçada memedeyse ödemdir. Ödem nedir sudur? Su nedir? Su hayattır efenim!

Rejim sevmem, yapmam. Yok ana öğün, yok birinci ara öğün, ikinci ara öğün. Sen üç öğün yiyip doymayıp bir de ara öğünde fındık ceviz peşinde koşuyorsan, belli ki zayıflamaya niyetin yok kardeşim!

Yani başlıktaki gibi "afet" sanmasam da hep tipimden memnun olmuşumdur. **Gösteri dünyasına girene kadar burnum bile hiç rahatsız etmemiştir beni!**

Babama rağmen!

BİRAZ BABAMDAN BAHSEDEYİM

Babam Gültekin Bey 96 yaşında.

1928 doğumlu yani. A kuşağından diyebiliriz, çünkü bence öncesinde kuşak muşak yoktu!

Öncesinde insanlar belki bir jenerasyon meydana getiremeyecek kadar az yaşıyorlardı veya "bu kuşağın iletişim biçimi ve işyerindeki tercihleri" gibi lüks konulardan önce o kuşağın yeterince beslenip hayatta kalmasının öncelendiği yıllardı! Az daha sıksan 19. yüzyıla denk geliyorsun çünkü!

Babam avukat. Hâlâ avukatlık yapıyor. Hâlâ her gün spor da yapıyor. Hâlâ her şeyi yapıyor. Aktivitelerinin hiçbirinden ödün vermiyor. Herkesten de bu performansı bekliyor. Güncel bir gelişmeyi, ben, ablam veya abim henüz duymamışsak suratı tepeden bakan bir ifadeyle ekşiyor! **Babama göre kabul edilebilir bir insan ile dev "loser" arasında hafif bir göbek, ütüsüz bir pantolon veya o günkü G20 toplantısında neler konuşulduğunu takip edememiş olmak kadar küçük bir fark var.**

Her konuda çıtası yüksek. Her konuda beklentisi arşı âlâ. Özellikle çocuklarından! Hiçbir konuda bahanen olamaz. Her alanda zirveye oynayacaksın. Yiyeceksin ama kilo almayacaksın. Çalışacaksın fakat yorulmayacaksın. Hem pastan olacak hem karnın doyacak! Bunu sağlayacaksın!

Geçen gün konuşurken bana açıldı. Dedi ki, **"Seninle ilgili içimde ukte kalan bir şey vardır, hep derim ki, yazık, niye yapamadı!"**

Yine neyi yapamadım diye düşündüm. Zira pek çok şeyi de yaptım açıkçası! Burada kendimi övmek istemem de ben kendimin çocuğu olsam her açıdan bayağı memnun kalırdım!

"Keşke bir torun olsaydı" filan dese anlayacağım, zira yaş 96. Hiç alakası yokmuş. Ne dedi biliyor musunuz? **"Dünya çapında bir başarın olmadı!" Ukte kalan buymuş.**

O kadar sinir oldum ki.

Hırs içinde dünya çapında başarı peşindeyim o gün bu gündür! Adamın motivasyon yöntemi mi bu, nedir?

Neyse ki bu olaydan birkaç hafta sonra **Hindistan merkezli uluslararası bir yapım şirketi *Aile Arasında*'nın senaryosunu satın aldı, filmi İskoçya'da çekecekler. Bunu söyledim babama.**

Ne dedi dersiniz? **"Hmm Hindistan, enteresan"** dedi. Hollywood'dan aşağısı kurtarmıyor beyimizi.

Ve ben çok iyi biliyorum ki, benim senaryomu Coppola da çekmek istese, babam der ki, "Çok yaşlanmadı mı o?" Kendi yaşına bakmadan!

Ben bu yıl Oscar alsam, hem oyunculuk hem senaryo yazarlığından bak, iki tane birden! Çıkıp konuşma yapsam, iki elimde birer heykel. Desem ki, "Öncelikle babama teşekkür ediyorum, her şey onun sayesinde, thank you dad, kanatlarımın altındaki rüzgâr sensin." Benimki der ki, **"Niye orada öyle eğik durdun?! Niye sırtını kambur yaptın konuşurken? Heykelleri bıraksaydın önündeki masaya, şöyle dik durup öyle konuşma yapsaydın. İşte içimde kalacak bir ukte daha!"** Yemin ediyorum!

Yol yakınken hemen ekleyeyim, yanlış anlaşılmasın. Kendisi muhteşem bir babadır. **Bir arkadaşım bir gün duygusallaşıp babasına "Seni seviyorum" demiş. Babası, "Şımarma kızım" diye cevap vermiş!** X kuşağından önce doğmuş Türk babalarının hepsi bu cevabı yerli yerinde bulacaklardır. Ne o öyle Amerikan filmlerinden öğrenmiş de söylüyor gibi!

Ama tüm riski alıp ben de buradan tekrar babama onu çok sevdiğimi söylemek isterim. O da beni çok sever, biliyorum.

BURNUNU YAPTIRALIM KIZIM, SANA AÇIK ÇEK!

Ne var ki o kuşak pedagojiye çok meraklı değildi ve bütün bu sevgi babamın 17 yaşında bana burnumu yaptırmam konusundaki ısrarını engellemedi.

Benim için en iyisini istiyordu ve çok gerçekçi bir yerden bakınca gayet haklıydı! **Bunu ben de beni televizyonda profilden görmüş herkes de (yani Türkiye'nin tamamı) biliyoruz.**

Lise sondayım. Kemik gelişimim tamamlanmış. **Çocukken eşin dostun, konu komşunun bana taktığı lakap "Burunsuz"ken (Evet o kadar minik ve kalkık bir burunla başladım hayata) 12-13 yaşına doğru Osmanlı ihtişamı diye nitelendireceğim şey yüzümün ortasında kendini göstermeye başlamış.**

Lise sonda iki yakın arkadaşım Şubat tatilinde burun estetiği olmuşlar. Babam da durur mu? Neyimiz eksik? Çünkü eğer daha iyi olabilecek herhangi bir şey varsa, hemen olmalıdır, oldurulmalıdır!

Evde oturuyoruz. **"Gülse senin şu burnunu yaptıralım mı?"** diye patlattı! Annem içini çekti. Belli ki konuşmuşlar bunu, annem biraz muhalefet etmiş.

"Benim burnumu? Niye ki?" dedim. (Sen şu özgüvene bak. "Niye ki" mi?)

"Yani" dedi babam, "şimdi arkadaşların filan yaptırıyor ya, sen de özenmişsindir."

Arkadaşlarım o ara başka arkadaşlarıyla akşamları yemeğe, sinemaya filan çıkabiliyorlardı, esas bunlara özeniyordum ama o konuda babamdan bir teklif yoktu!

"Yoo" yaptım, "Bence gerek yok."

Babam susuyor ama kıpırdanıp duruyor, konuyu bitirmek istemiyor. Annem güya bana çaktırmadan babama kaş göz yapıp, "Komplekse sokacaksın kızı" ifadeleriyle, "Tabii tabii, burnun gayet güzel" diyor.

Herhangi bir şey "gayet güzel"se bilin ki pek güzel değildir, "gayet iyi"yse çok iyi değildir. "Gayet", "öldürmeyecek kadar" demektir.

Babam son şansını denedi: "Kızım en iyi doktoru buluruz, hani pahalı olur filan diye çekiniyorsan, sakın çekinme!"

Açıkça, "Parası neyse vereceğim, sana açık çek, yeter ki şu garabet düzelsin" diyor ama ben anlamıyorum!

Annem "Gültekin!" diye uyardı. Ama gerek yok. Benim fikrim çok net. "Ben burnumdan memnunum" dedim!

Annem de **"Tabii tabii, önemli olan güzellik değil, derslerin"** diyerek, onun hayalindeki mükemmel alımlı genç kız olabilmem konusundaki ümidini kaybettiğini, bundan sonra ancak kansere çare bulan bir doktor olarak hayatta tutunabileceğimi düşündüğünü farkında olmadan itiraf etmiş oldu. Ve konu kapandı.

İŞİ BİLEN ÇAPKININ İLTİFAT TEKNİĞİ

O kadar yıl, niye bu burunla kendimi gayet hoş bularak dolaştım? Hiç mi şüphe etmedim? "Kendi haşmeti yetmiyormuş gibi bir de üzerinde kocaman bir ben var, şunu yaptırayım" niye demedim diye düşünürüm bazen.

Sonunda buldum.

Özellikle bekâr erkekler, lütfen bu bölümü dikkatle okusun. Aşk hayatınızı değiştirecek bir püf noktası vereceğim!

Bir kere, dost acı söylemez kardeşim! Asla. Arkadaşlar kusurlarınızın altını çizmez. Kibar insanlarsa güzel taraflarınızı anlatıp dururlar. İlla sorarsanız, "Yoo burnun hiç o kadar dikkat çekmiyor, çünkü eee... gözlerinin rengi o kadar şey ki..." filan diye durumu toparlarlar. Akrabalar, kardeşler, etraf, zaten niye hakikati söyleyip başına iş alsın?

Ama bir grup var ki, uzun yıllar beni burnumun çok hoş, kişilikli, yegâne hatta çok seksi olduğuna inandırdı: Beni beğenen ve işi bilen çapkınlar!

İşi bilmeyen adam, kadınların gerçek vasıflarına iltifat eder. "Gözlerin ne güzel" filan falan. Oysa sen zaten yeşil gözün az olduğu bir coğrafyada o övgüyü üç yaşından beri anandan babandan, kardeşinden arkadaşından, komşu teyzeden bile o kadar çok duymuşsundur ki. Kayıtlara geçirmezsin.

Ama tutup bana, **"Burnun inanılmaz kişilikli, çok seksi, hele o üzerindeki ben, egzotik bir hızma gibi"** dersen, ben hem senin bende kimsenin göremediği orijinal güzellikler fark ettiğine, beni gerçekten özel bulduğuna, hem de ne yazık ki burnumun güzel olduğuna inanırım! Bununla da kalmam burnumun üzerinde, o ihtişamlı görüntüye tüy diken kocaman beni de "egzotik" bulmaya başlarım.

Elin oğlu, kimsenin, öz babanın bile göremediği güzelliği mi gördü o burunda yani saftirik? Ama işte insan inanıyor!

Beyefendiler, beğendiğiniz kadınlara bu tekniği uygulayın, sonra bana dua edin. **Kadının en beğenilmeyen yönünü bulup orayı yüceltececeksiniz.** Kepçe kulaklıların kulaklarına, yamuk dişlilerin dişlerine, kemerli burunluların burunlarına, yekpare tek kaşlıların kaşlarına, çatlak seslilerin seslerine basın övgüyü, kaybetmezsiniz!

Özgün sıfatlarla yalnız. İşte, "muzip dişler", "çocuksu kulaklar", "başına buyruk kaşlar" filan. Yoksa "Vay gözlerin deniz gibi mavi, vay gülümsemen ne güzel." E biliyoruz onları kardeşim. Biraz çaba ya.

Yıllarım burnumu orijinal ve hatta egzotik bularak geçti!

Sonra ne oldu? TV kariyeri başladı!

Gösteri dünyası dünyaların en acımasızıdır ve gerçeklerin er geç ortaya çıkma huyu en çok bu sektörde vardır!

"G.A.G." SETİNDE KRİZ: KIZIN BURNUNU NE YAPACAĞIZ?

Hayatımda ilk kez televizyona çıkacağım!

Kendi programım var artık. Yani galiba.

Nasıl oldu bilmiyorum, deneme çekiminden 10 gün sonra dekordayız. **"G.A.G." diye bir programın metin yazarı ve anlatıcısı olmak üzereyim bu akşam itibarıyla.**

Yeni bir mesleğe girmek üzere olduğumun çok farkında değilsem de, bu yeni plana hiç güvenmeyip dergilerdeki sigortalı işimi ancak üç sene sonra bırakacaksam da haliyle feci heyecanlıyım. Neyse ki yazdığım tekstleri daha önce ekibe anlatmışım, komik bulunmuş, her şey tıkırında gibi.

Profesyonel makyaj yapılmış, kendi çapımda güzelliğime inanamıyorum! Hele o egzotik doğal hızma, o kişilikli burnun üzerinde, var ya, Allah beni nazarlardan korusun!

Hazırlığım bitti, yönetmen sete çağırdı.

Işık düzeltmeleri yapılıyor, kameralar yerleşiyor, kadrajlar ayarlanıyor. Ben de dekorda, durmam gereken yerde duruyorum.

İlk yönetmenim (ve sonrasında canım arkadaşım) Fasih Saylan ekibi yönetiyor. **İşte, "Fonu karartın, kızın yüzündeki ışığı yükseltin" diyor. "Kanepeyi yana alın, resmi daraltın, kızı ortalayın" diyor filan.** Esprileri iyi satacak mıyım, tekstlerim iyi mi, sesimin titremesini durdurabilecek miyim gibi endişelerim var. Yüzde yüz emin olduğum tek konu ise eşsiz güzelliğim!

Bir ara Fasih monitöre baktı, bana baktı, sonra tekrar eğildi, monitöre baktı. Dedim kesin eksikliği hissetti, dekora nazar boncuğu astıracak.

Fasih setteki 60 kişinin rahatlıkla duyacağı şekilde ne yazık ki dekor grubuna değil makyöze seslendi:

"Kızın burnunun üzerindeki kahverengi beni kapatabiliyor muyuuz?"

Ne? O egzotik hızmayı? Kapatmak mı? Nedennn?

Yanımda duran makyöz yine 60 kişinin duyabileceği şekilde yönetmene cevap verdi:

"Efendim hocaam?"

Fasih sorusunu bağırarak tekrar etti ve öncesinde 60 kişinin arasından duymayanlar varsa onların da duymuş olması garantilendi.

Ekip işini bıraktı, bana döndü. Hepsi benim yıllarca ne kadar da seksi bir hızma denilen ve benim de muhteşem olduğuna inandığım bene bakıyor. Bazı set çalışanları suratını buruşturup gözünü kısarak bakıyor hatta!

Makyöz: **"Hocam ben bayağı uğraşıp burnun kemerini biraz düzelttiim, o beni de olduğu kadar kapattım aslındaa"** diye seslendi.

Yönetmen: **"Fondötenle filan kapanmaz o gerçi di mii, tamam abla yapacak bişey yook"** diye geri seslendi!

Set emekçileri sağ olsunlar, şakalar döndü. **Biri "Fon bezi gerelim hocam, hihi" dedi. Arkadaşları güldü.**

Ben de komplekssiz bir mizahçı adayı olarak zoraki gülümsediğimi sanıyorum ama farkında olmadan yüzüm düştü mü ne olduysa... Yönetmen bana dönüp dedi ki: "Gülsecim bu arada kusura bakma. 'Kız' filan diyorum sete resmi anlatırken, ağız alışkanlığı, pardon."

Tabii ya ben zaten ona bozuldum! Gıyabımda sette niye "Gülse Hanımefendi Hazretleri" denmedi diye afra tafra yapıyorum!

Hatta başlamışken, burnuma ayrı, üzerindeki bene ayrı ayrı isimler verilip onlara da kendi ad ve titrleriyle hitap edilsin! Zira belli ki ikisi de bu sette kendi başlarına benden bağımsız birer varlık, birer birey!

İşte o ilk günün ezikliğiyle, o hırsla, kariyerde gaza bir bastım, hâlâ o gazla zirvedeyim! Ay hayır tabii ki ya. **O kadar yılın kişilikli seksi burnunu ve egzotik hızmasını anlamayan gösteri dünyası utansın!** Ama o günden sonra burnumla ilgili şakaları kimseye kaptırmadım, hepsini ben yaptım! **Komedi malzemesi her şeyden önce gelir.**

Bir de şunu öğrendim: **Babalar ve yönetmenler hakikatleri söyler!**

Bir dermatoloğun, "İleride sıkıntı çıkaracak bir tipi var" uyarısıyla sonradan "egzotik hızmayı" mecburen aldırttım. **Ve hep birlikte gördük ki egzotiklik bana o kadar da yakışmıyormuş.**

Yakın zamanda bir soğuk algınlığı sırasında detaycı bir KBB uzmanı, "Bu burun sıkıntılı bence" dedi. **Makyözler ve ışıkçılar dışında kimseye sıkıntı vermediğini belirttim.** Ama "Böyle asimetrik ve kemikli bir burunda kesin ağır deviasyon vardır, nefes almanız bozuktur ama siz fark etmiyorsunuzdur" deyip burnumun içini kamerayla görüntüleyeceğini söyledi. **Dışının defalarca kamerayla görüntülendiğini ve büyük bir sansasyon yaratmadığını anlatmaya çalıştım ama dinlemedi.** Solunum yollarını görüntüleyen ince borulu kameralardan birini burnuma sokup görüntüyü ekrana yansıttı.

DEVİASYON ÇIKARSA, DRAMALAR BEKLEYİN BENİ!

İtiraf etmeliyim minik heyecanlandım!

Yahu yıllardır herkes deviasyon var diye yaptırmıyor mu burnunu? Ve bende gerçekten deviasyon çıkarsa, 40 yaşından sonra ani bir hokka burun, ani bir güzellik gelir mi dersin?

Aa komedi kariyerini bırakıp dramaya geçer miyim sana? Rol skalam genişler mi? O hokka burunla, bir de vursam takma kirpiği, çıtçıtlı takma saçı, zengin, güzel, orta yaşlı kadın rollerinin vazgeçilmezi olmaz mıyım dizilerde? **70 yaşındaki aktörlerin sosyetik eşlerini, 45'e gelmiş jönlerin annelerini, kayınvalidelerini oynamak kim istemez ya?** (Burada ironiyle sektörümüzdeki sadece kadın oyuncular için geçerli "ageism"den yani yaş ayırımcılığından dem vuruyorum.

Dedim ki, kamerada burnumun içi gerçekten problemli çıkarsa, 25 yıl sonra babama gidip, **"Teklifini düşündüm, kabul, en iyi estetik cerrahı bul, bastır parayı, yaptıracağım"** der miyim? Desem babam bunu yer mi?

Heyhat! Kulak burun boğaz uzmanı kamerayla uzun uzun baktı. Şaşkınlık içinde itiraf etti: "Gülse Hanım, beklediğim gibi değil, hiç bu kadar iyi nefes alan bir burun görmedim! **Dışarıdan o kadar komplike (komplike mi?) görünen burnun içi dört şeritli otoban gibi!** Sakın dokundurtmayın, bozmayın."

Böylece hayatımda toplam 15 dakika süren rinoplasti hayalim burnumun "iç güzelliği" yüzünden suya düştü.

Ve bıraktım yüzümün ortasındaki Kuzey Marmara Otoyolu dağınık kalsın. Burnuma bıçak değmedi, dolgu molgu idare ettik...

ÜNLÜLERİN ESTETİK KODLARINI ÇÖZÜYORUZ

Dolgu demişken. Bir kere kimse artık dolguya, botoksa "dolgu" ve "botoks" demiyor. "Küçük dokunuşlar" artık onların adı. "Estetiğe karşıyım ama tabii küçük dokunuşlar var" diyorlar. "Anestezistin beni bayılttığı, neşter, bisturi, pens, dikiş ipi kullanılmış, kalp ritmimin takip edildiği ve geceyi hastanede geçirdiğim bir estetiğim yok" demek bu.

Ve "Küçük dokunuşlar var"ı söyleyen bile kanımca dürüst ünlüler.

Bazısı da hiç oralı olmuyor. Ne estetiği? Ne münasebet? Şimdi onların dilinde aşağıdaki resmi söylemlerin, hangi gerçek "güzellik sırrına" tekabül ettiğini açıklıyorum.

– "Açık havada spor yapıyorum, oksijen çok önemli": Dolgu yaptırmış.

– "Sadece yeşil sabun ve gülsuyu kullanıyorum, doğalım": Kök hücre enjeksiyonu yeni bitmiş.

– "Anneannemin cildi 90 yaşında hâlâ pırıl pırıldı": Yüzünü gerdirmiş.

– "Hayata pozitif bakıyorum": Botoks. Kaşının ortasına da yaptırdığın için kaşını çatamıyorsun, mecburen pozitif bakıyorsun zaten.

– "Yüz yogası yapıyorum, mucizevi bir şey": Yukarıdakilerin hepsi!

Bir de bunlara, "Toksik insanlarla görüşmeyi kestim" eklendi son zamanlarda. Aşkım birkaç hafta zaten mecburen keseceksin çünkü bu işin morluğu var, şişliği var. Görüşürsen bunlar sabaha kadar etrafta konuşur, onu yaptırmış bunu yaptırmış diye. Morluklar geçsin, yine görüşürsün toksik insanlarla, bir çene dolgusu için kankalarını o kadar da şey yapma.

Çene dolgusu demişken, bu çene hattını dolduruyorlar ya, "jawline" deniyor. O işin tadı kaçmadı mı biraz? **Güzelim kızlar niye rahmetli Sakıp Sabancı gibi yaptı kendini?** Neyse, kınadığını yaşarmışsın, tövbe.

Acı bir hakikati söylememe izin verin: **Yeşil sabun ve gülsuyuyla güzel kalabilen tek kadın rahmetli Fatma Girik'ti. Ve artık o modellerden yapmıyorlar.** Bulabileceğiniz görece en doğal 40 üstü ünlü, sadece burnumu yaptırmadığım için neredeyse yine benim. **Yani yine kaldınız bana!**

Sırlarını anlatacak kadar da bir güzelliğim yok, ama ısrar ederseniz aha güzellik sırlarım:

1. İyi genler!
2. Hiç sigara kullanmamış olmak. (Yani otoriter baba.)
3. İyi ve büyük dişler, çıkık elmacıkkemikleri. (Yani yine iyi genler.)
4. En azından 20 yaşına kadar sebzeli meyveli sağlıklı beslenmiş olmak. (Yani disiplinli anne!)
5. Uzun boy, iyi kemik yapısı. (Evet bildiniz, o iyi genler!)

Ben de işte... Şahsım olarak... nemlendirici filan sürdüm galiba.

"Küçük dokunuşlarıma" da kimse karışamaz, vallahi bağırırım burada ha!

Modaya inanma modasız da kalma!

Üç yaşından bugüne giysilerle yaşadığım fırtınalı, zaman zaman nevrotik ilişkiyi sizlerle paylaşmak isterim.

Çocukluğumdan beri bir yanım erkek Fatma, bir yanım süslü kokona!

Mahalle arası savaşlarda iki ordudan birinin komutanı, arka cebinde çakıyla gezen bir velet, öteki ben! Akşamsa Şoför Nebahat kimliğimden arınıp komşunun oğlunun sünnet düğününe giderken niye oğlanın kız kardeşi kabarık etekli prenses elbisesi giyiyor da ben kısa elbiseyle götürülüyorum diye evi birbirine katan da ben!

Aile terbiyesi kusursuz, kibar bir insanım. Öyle ki, bazı oyuncu arkadaşlarım bana zorla küfür söylettirmeye çalışıp eğlenirler, Alman gelinmişim gibi. Küfür edemem, tartışmalarda sesimi yükseltemem.

Fakat çocukluğumdan beri giysilerle ilgili istediğim olmayınca bana bir asabiyet, bir kontrolsüz haller geliyor! Psikiyatrlar araştırsın.

Anlatacağım.

Hatırladığım en eski "sinir krizi" anısı, üç-dört yaşına ait! Bir yazlık kolsuz fisto elbise söz konusu. Nedense onu kafaya takmışım, misafirliğe giderken onu giymek için ısrar ediyorum. İstanbul, Ocak ayı, termometreler 4 santigrat gösteriyor. Haliyle annem "Giyemezsin" diyor. **Kendimi don-fanila yatakta bir oraya bir buraya atarak ve bağırarak ağlıyorum!** Annem yılıp elbiseyi çıkarıyor ortaya. Planı evde on-on beş dakika giydirip sonra değiştirmek. **Mümkün değil. Çıkarttırmıyorum. İçime cin kaçmış gibi, çığlıklarla kendimi duvarlara vuruyorum!** Yaş üç-dört demiştim di mi? Herkes gelecekteki psikolojik durumum konusunda endişeleniyor.

O zamanlarda da, efendim "Terrible two", "Horrible three" filan gibi çocukların deli dönemleri bilinmiyor. Oysa şimdi üç-dört yaşın ilk ergenlik olduğunu söylüyorlar. "Threenager" diyorlar filan hatta. **O yıllarda bu duruma "Yine azdı" deniyor sadece.**

Sonuç olarak yazlık elbiseyle it gibi titreyerek misafirliğe gidip dönüyorum. Gece yatana kadar da inat edip çıkarmıyorum.

Bir-iki yıl sonra.

Bir çift parlak lame ayakkabım var. Kendime göre artist ayakkabısı. Onları haşat olana, lameleri soyulana kadar giymişim, artık küçük gelmeye başlamış. Annem dışarıda giyilmesini yasaklamış. Evde ısrarla giymeye devam ederken bir gün yok oluyorlar. Ara tara yok. Annem diyor ki, "Parçalanmıştı, attık, daha güzelini alırız!" İçime bir acı çöküyor. Ayakkabılarım da ayakkabılarım.

Ertesi hafta annem kapının önünde apartman görevlisine sipariş verirken skandal ortaya çıkıyor! Adamcağızın yanında benden bir yaş küçük kızı var ve benim lame ayakkabılar onun ayağında! Annem onlara vermiş.

Kendimi kaybediyorum! Vay benim ayakkabılarım, ay benim ayakkabılarım! **Böyle bir yaygara, böyle bir çirkeflik, böyle bir edepsizlik Hacıhüsrev'de sokak kavgasında görülmemiştir!** Apartman görevlimiz, "Geri verelim abla, yazık sabi kendini paraladı" diyor.

Artist ayakkabılarım salya sümük içindeki bana iade ediliyor. Küçük kız şaşkın, annem hayatının en mahcup anlarını yaşıyor. Ertesi gün hemen kıza bir çift yeni ayakkabı alınıp hediye ediliyor tabii. Lame ayakkabıları ise, küçük gelse de ilkokula başlayana kadar filan saklıyorum, kimse dokunamıyor.

HERKES PRENSESKEN BEN NİYE BİRA GARSONUYUM?

Ertesi sene yazının başında bahsettiğim sünnet düğünü vakası yaşanıyor.

Bana Nişantaşı'nın en havalı çocuk butiğinden özenerek alınmış karpuz kollu, beyaz önlüklü, Oktoberfest'te bira dağıtan kızların giydiği gibi Alman folklorik bir diz altı elbise giydirilmiş.

Ama ne anlayacak bu Hacıhüsrevli?! **Benim gözüm hep sünnet çocuğunun kız kardeşinin, kuzenlerinin**

filan giydiği uzun etekli abiyelerde. Vardır ya hani, hiç çocuklara yakışmayan, işlemeli mişlemeli, gelinin kıskanç eltisi tuvaletlerinin beş yaşa uygulanmış versiyonları! (Düğünlerde bu yapılıyor. Çocukları olgun insanlar gibi giydiriyorlar. Belki çok uzaktan bakıldığında, "Yok canım aynen uyardığımız gibi çocuk getirmemişler, onlar minik boyutta erişkin insanlar" densin diye. Dantel tuvaletli, inci kolyeli, kocaman topuzlu minik kayınvalideler, takım elbiseli, yelekli, papyonlu el kadar enişteler ortada koşuşuyor.)

Anneme, "Bak" diyorum, "herkes prenses elbisesi giymiş, bana ne giydirdiniz!" Annem kulağıma eğilip parmakla göstermemem gerektiğini, ayrıca o elbiselerin "pazarlarda mazarlarda ucuza satılan uyduruk şeyler" olduğunu, gerçek prenseslerin benim gibi giyindiğini söylüyor. Haa biz de yedik!

Bir ara o benden bir-iki yaş büyük kızlarla dans ediyoruz zıplaya zıplaya. **En büyük kız diyor ki, "Senin elbisen uzun değil, sen bizimle dans edemezsin!" Vay aşüfte! Sen görürsün.**

Gidip annemin simli şalını alıyorum sandalyenin üzerinden. Gizlice belime sarıp etek gibi yapıyorum. Ne anlayacaklar yeaa?

Piste gidiyorum, çemçük ağızlı kıza, "Benim de eteğim uzun hem de pırıytılı" diyorum. "O annenin şalı, sanki anlamadık, salak" diyor!

Sensin salak!

Kitabın başında dediğim gibi, alışık değilim, azarlandığımda lal olurum!

Küsüp gidip annemlerin masaya oturuyorum. Bunalım takılıyorum ama kimse fark etmiyor. Teyzeler gelip, "Ayy maviş, burunsuz, güzelliğe bak" diye yanağımı sıkıyorlar. **Yalancı yalakalar! Gariban gibi giydirildim, cemiyet hayatına kepaze edildim, şimdi iltifatla durumu kurtaracaksınız ha?**

Masaya et pilav geliyor. Asla yemiyorum.

Sünnet çocuğunun kız kardeşi bana olayın perde arkasını anlattı: "Burak'ın pipisini kesecekler, ondan et ve pilav yapacaklar, sünnet düğünü bu" dedi. Yer miyim o pilavı ben?

Herkes yiyor. Vay geri zekâlılar.

Yemek olarak Burak'ın pipisi var ve herkes prensesken bana bira garsonu kostümü giydirilmiş. Berbat bir parti!

Eve gidiyoruz. **Ağlaya ağlaya içim çıkıyor. Ben niye öyle giydirildim. Herkesin yere kadar elbisesi var benim niye yok! Benimle niye hiç ilgilenilmiyor!** Annemle babamın kırk yılda bir birer kadeh bir şey içip dans ettiği, eşi dostu gördüğü geceyi mahvetmeye ant içmişim. Gev gev gev uyutmuyorum insanları! Hesap edince, kıyamam, babam benim şu anki yaşımdan dört yaş, annem 11 yaş daha genç! Parti gecesinde uğraştıklarına bak. Ulan çocuk ne zor iş.

KREM ŞANTİ ELBİSEMLE ARTIK BİR ROMAN DÜĞÜNÜNE KATILABİLİRİM

Hafta başı babam yemiyor içmiyor, annemi alıp Kapalıçarşı'ya gidiyor. Oradan, bulabildikleri en avam, en kitsch, en kabarık etekli elbiseyi alıyorlar gönlümü hoş etmek için. **Beyaz, naylon, her yeri fırfırlı, tüllü, gelinlik desen değil, tuvalet desen değil, krem şantiden yapılmış gibi feci bir elbise. Hemen bir Roman düğününe katılabilirim ve hiç yadırganmam.**

Çok mutluyum. Çıldırabilirim.

Hemen giyebilir miyim diye izin alıyorum. Annem dünden razı. Diyor ki, "Zaten sadece evde ve bahçede giyebilirsin!" O akşam ve müteakip akşamlar Roman gelini elbisemi giyip, annemin ışıltılı şalını sırtıma alıp, teyp mikrofonunu da elimle yan tutarak komşu evlerin bahçelerini geziyorum tek tek. Her bahçede akşam yemeği yiyen insanlara pop-aranjman türünden bir şarkı söylüyor, alkışımı alıp, diğer bahçeye geçiyorum.

Bir noktada bunun her akşam yaşanmasından sıkılıp eskisi kadar istekli alkışlamayan, televizyondan haberlerin sesini duymaya çalışan mangalcı amcalara, daha çok bağırarak Türk sanat müziğinden eserler okuduğum da oluyor. Alkışı alana kadar! Vazgeçmek yok.

İki yazı kâh bahçe sulayıp kâh konser vererek geçirdikten sonra krem şanti elbise okuma bayramında da bu defa kelebek kostümüm olarak hizmet veriyor. Ve artık içine giremediğim için zirvede emekli oluyor.

İşe bak! Bu yazıyı yazdığım şu dakikalarda telefon çaldı ve Elle Stil Ödülleri'nden arayıp jüri olmamı istediler.

Hemen kabul ettim. Oturduğu yerden başkalarının üstünü başını yargılamayı kim istemez? Hayır yaa. Moda fotoğrafçıları, tasarımcılar filan seçiyoruz, bayağı ciddi iş.

Ve affedersiniz ama bu ciddi iş için seçilme sebebim şöhretim değil. Bu konuda gözde büyütülmem de bu defa yersiz değil. Alanda deneyimli, birikimli bir insanım, herkes susacak burada!

TAM MODAYA YÖN VERECEĞİZ MAĞAZALARDA GİYSİ KALMIYOR

Giysiler konusunda çocukluğumda o kadar kriz çıkardıktan sonra kaderin bir cilvesi midir nedir, 20'li yaşlarda bir moda dergisinin başına geçtim! Şimdi (alev atılmasını beklediğim fotoğraflarla) kapak olduğum önemli dergilerden birinin yayın yönetmeniydim ben.

Ve o yıllarda moda dergisi çıkarmak şimdiki kadar kolay değildi!

Şu an İstanbul'da birkaç şubesini bulabildiğiniz dünyaca ünlü büyük markaların çoğu daha gelmemişti. İyi modacılarımızın atölyelerindeki numuneler, yedi-sekiz Türk tekstil markasının koleksiyonu, Nişantaşı'nda birkaç butiğin getirdiği yabancı giysiler ve bittii!

Sezon sonları mağazalar boşalmaya başlayınca moda editörleri mahzunlaşır, çekimlerde mankenlerin gardıroplarından, kendi gardıroplarından destek yapmaya başlarlardı.

Şöyle bir moda sayfası olabilir mi ya: "İpek bluz, Beymen, şu kadar TL. Deri etek, modelin kendisinin. Çizmeler, moda editörünün gardırobundan. Çanta için yazı işleri müdürümüzün annesine teşekkürlerimizle!"

***Harper's Bazaar* moda çekimi mi Kızılay kermesi mi belli değil!**

Bir çekimimizde benim gelinliğimi bile kullandık! (Kelebek kostümü olan krem şantiyi değil, onun tam tersi sadelikteki gerçek gelinliğimi!)

Sonra müjdeli haber geldi! Zara Türkiye'de mağazalar açmaya başlamıştı. Bizim hayalimizdeki, modaya yön veren en lüks markalardan olmasa da, o kadar geniş koleksiyon bizim moda çekimlerini kurtarır diye düşündük.

Zara'cıları aradık hemen. Dediler ki, "Maalesef uluslararası pazarlama politikamız gereği reklam da yapmıyoruz, çekimlere ürün de vermiyoruz." (O yıllarda öyleydi.)

Yıkıldık. Tanıdık bulmaya çalışıyoruz, kimi araya soksak diye düşünüyoruz. Bir öğlen ekipçe yemekten döndük, 18 yaşındaki office girl'ümüz Eylem (okursa öpücükler) müjdeyi verdi. Dedi ki, **"Zara'dan aradılar, onlarla çekim yapmak ister miymişiz diye sordular."** Numaralarını almış mıydı? Almamıştı. Tekrar ediyorum, 18 yaşındaydı!

Neyse döndük Zara'cılara yine. "Yoo?" dediler. "Biz kimseyi aramadık, çekim filan da yapmıyoruz!" Haydaa!

Lame ayakkabımı apartman görevlisinin küçük kızında gördüğüm günkü ruh hali geldi bana! Verin kardeşim benim giysilerimiii! Benim onlar!

Dedim ki, "Burası koskoca *Harper's Bazaar* dergisi. Şaka mı yapıyorsunuz? Siz bizi aradınız! Siz aramadıysanız da demek ki ajansınız aradı. Aranızdaki koordinasyonu kurun ve ajansınız bizi derhal arayıp konuya açıklık getirsin!"

O hafta Zara'nın ajansı aradı gerçekten.

Türkücü Zara'nın ajansı!

"Daha önce de aradık, genç bir hanımla konuştuk, Zara'nın yeni albümü çıkıyor, çekim yapmak isterseniz biz hazırız!"

MODA HATALARIMDAN BİRİSİN, EN GÜZEL DUYGULARIN KATİLİSİN

Giysilerle yarım asra yaklaşan ilişkimde, bu dikenli yolda, çok moda hatası yapmışlığım da var. Krem şanti elbise ilkidir.

80'ler ise kimse için hatasız kombinin olmadığı bir dönemdir. **Hiçbir kadının giymemesi gereken, icadı insanlık suçu olan balon etek, fitilli kadife ayak altından lastikli füzo pantolon, şalvar kot, hiçbirinden eksik kalmadık hamdolsun.** Krepeli saçla da bunları taçlandırdık.

Erişkin hayatımdaki en büyük moda hatası ise *Hırsız Var* isimli filmin galasındaki saçımdır. Oynadığım ilk filmin (Ben yazmadım, kayıtlara geçsin) galası. Aşırı özeniyorum. Dilek Hanif nefis, klasik bir siyah tuvalet dikti. Giy git işte di mi? Yok. Dedim, koskoca gala, bu elbise çok düz kalacak. Saçıma bir numara mı yapsam, bir renk mi katsam? Kim verdi bu aklı bilmiyorum. **Kısacık saçı gerçek kırmızı güllerle süslü bir topuz yapma fikri çok parlak geldi!**

Kuaför elinden geleni yaptı. Kafama bir İngiliz bahçesi kondurduk elbirliğiyle. Carmen Miranda başının biraz alçakgönüllüsü. Ne yazık ki güllerin yarım saatte solacağını, kısacık saçımın o gülleri tutamayacağını, daha arabada düşmeye başlayacaklarını, yürürken arkasına iz olarak ekmek parçaları atan Hansel ile Gretel gibi, solmuş gülleri döke döke galayı bitireceğimi öngöremedik!

Yıllardır moda konusunda aldığım derslerden birkaçı:

- Aşırı özenmeyeceksin, modada "çaba göstermemiş" görünmek en iyisidir.
- Yarım saatten uzun sürecek davetlerde, özellikle sıvı tüketimi olacaksa tulum ve body giyilmemelidir! Bunlar normal şartlarda bebekler için yapılmış giysilerdir. Altınızı başkası değiştirmeyecekse giymeyin! Umumi tuvaletlerde pişmanlık yaşarsınız.
- Hardal rengini unutun, daha yakışan insan görmedim!
- Arada gardırop detoksu yapın. "Çok kadın hiç kadındır" der bir şarkı sözü. Aynı şekilde, "Çok giysi hiç giysidir." **Aynı çok kadın gibi, hiçbirini hak ettiği yere koyamazsın, ihtiyacın olduğunda bulamazsın, en doğru zamanda hatırlayamazsın. Duygusal bagajı, açgözlülüğün vicdan azabı da cabası!**
- Benden yedi-sekiz yaş büyük bir ahbabın deneyim dolu aforizmasını da eklemeliyim: "Moda insanın kendine yakışanı giymesi ve 10 yıl sonra artık yakışmadığını görüp bunalıma girmesidir!"
- Ve en önemli tavsiyeler, esas uzmanından, bir tanemiz Ajda'dan geliyor. Yıllar önce bir yemekte, onu çok şık bulduğumu anlatınca bana şunları söyledi: **"Üzerinde marka yazan hiçbir şey kullanma, sen kendin markasın. Çula çaputa çok para harcama, sadece çantan, ayakkabın çok kaliteli olsun. Bir de hep spor yap,**

hep fit ol, öyle olunca pazardan bir beyaz gömlek, bir kot alırsın, yine şık olursun." Süperstar haklıdır.

Ama sonuncu cümle, yani sporla ilgili olan.
O konuda sicilim parlak değil. Anlatayım.

Spora Olimpiyatlardan başladım ve zirvede bıraktım!

Hayatımda olmuş ve olabilecek tek spor zaferim niye gölgede bırakıldı ve Tibet'in bu konuyla ne ilgisi var?

Evde şöminenin önünde yıllardır bir Olimpiyat meşalesi duruyor!

Süs filan değil ha, harbi 2008 Pekin Olimpiyatları'nın meşalesi. Ben taşıdım! O ateşin dünyanın bir yerinden ta öteki yerine gitmesine katkıda bulunan koşuculardan biri de benim!

Sporla ilişkimi artık az çok biliyorsunuzdur: "Merhaba-merhaba!"

Oysa aile sporcularla dolu. Kort gördüğünde raketi kapıp tenis oynayan, top gördüğünde bahçede voleybol turnuvası yapan, şak yarım saatte sörf tahtasına alışan, çat ilk denemede su kayağı yapan gıcık Alman aileleri gibi bizimkiler. Abim eski milli voleybolcu. Ablam, o da eski milli voleybolcu, iyi tenisçi, bayağı sıkı bir yüzücü. Kendisinin boyu 1.58! Ben 1.75. Ve hiç spor hayatım olmadı. Allahu Teâlâ'nın en büyük mizahçı olduğunu gösteren olaylardan biridir!

Yıllarca uğraştılar. Kayaktan tenise bana denettirmedikleri spor kalmadı. Hepsinde büyük başarılara imza attım. Mizahi açıdan. Beni seyreden ya da bana eşlik eden tüm spor hocaları, aile üyeleri, eş dost kahkahayla dopdolu bir gün geçirdiler! Özellikle tenis derslerim sırasında top ve raketin buluşmakta zorlanması bir tür Charlie Chaplin fiziksel komedisi tadı yaşattı. "Seinfeld"de sahneye Kramer'ın ani kapı açıp girişiyle gelen kahkahayı aldı hep. "Gülse'nin tenis dersi olsa da seyredip gülsek" şakası yapıldı yıllarca.

Sonra n'oldu ama? Şakaları da ben yaptım, Olimpiyat meşalesini de ben taşıdım!

OLİMPİYATLARDAN AŞAĞISI DA BENİ KURTARMAZDI

Kimin fikriydi gerçekten bilmiyorum. Yine birisi beni gözünde büyütmüş belli ki.

Önce benimle kafa buluyorlar sandım. İyi ki "Ah be gülüm, o tarihte Olimpiya'da konserim var, ertesi gün de Bolşoy Balesi'nde dans edeceğim, haftam full" filan demedim.

Şaka değilmiş. **Ülkenin kıymetli isimlerinden birkaç kişi seçilmiş. Ben de onlardan biriymişim. Olimpiyat**

meşalesini taşır mıymışım? Önce dedim ki, "Ağır bişey mi?"

Tatmin edici bir cevap gelmedi. "Meşaleyi alıp bir kilometre kadar koşacaksınız, diğer kişiye devredeceksiniz" dendi.

Koşacak mıyım? Televizyonda gördüğüm Olimpiyat meşalesiyle koşan tüm atletler efsanevi koşuyor. Ben nasıl yapacağım?

Aile Arasında filmimde Adanalı kayınvalide Mükerrem (Devrim Yakut) Behiye'ye (Ayta Sözeri) "Senin ayaklar kaç numara?" diye sorar. Behiye de foyaları ortaya çıkmasın diye, "Gençliğimde atletizm yaptım, koştum koştum, ayaklar şişti, böyle kaldı" diye palavra sıkar. Mükerrem ise dudak büküp der ki, **"Ben hiçç goşmam!"**

Ben de hiçç goşmam!

E nasıl olacak? O güne kadar antrenman mı yapmak lazım acaba?

Anksiyeteler dalga dalga geldi. 100 metrede nefesim kesilirse ne halt ederim? Elimde meşale, "Ay dur pardon, dünya üzerinde meşaleyi canlı yayında takip eden milyonlar, bi dakika nefesleneyim" diye duramam ki. Tökezleyip düşme ihtimalim de her zaman var. En korkutucusu da meşale ağırlığından mütevellit, farkında olmadan kolumu indirirsem, saçımın başımın alev alıp tutuşma senaryosu!

Dedim ki, "Koşmayıp yürüsem olur mu?" Olimpiyat komitesinin 30'lu yaşlarda birinden bunu ilk duyuşu oldu muhtemelen.

Çünkü yürümeye okeyim. Evde yürüme bandı var. Çok faydalı bir alet. Hep kullanıyorum. Özellikle çamaşır askısı olarak.

"Bizce koşarsınız" diye kikirdediler. Cüneyt Arkın benden bilmem kaç yaş büyükmüş, o bile koşacakmış. **Beni Malkoçoğlu'yla bir mi tutuyorsunuz beyefendi?** Türk sinema tarihinin fiziksel olarak sınırları en çok zorlayan, dublör kullanmayan en fit aktörüne, **ata ters binmiş dörtnala giderken ok atan adama rakip ben miyim ya?**

Demedim böyle. "Hmm, olmadı yavaş koşarım" filan dedim kapattım.

Koşudan bir gün önce gelen eşofman takım, üç beden büyük. Halbuki Çin bedeni küçük olur gibi bir önyargıyla medium istemiştim. Küçültmeye vakit yok, eşofmanın belini kıvırıyorum. Eşofmanının belini kıvıran Zerrin! Anksiyetelere paçalara takılıp yüzüstü kapaklanma tehlikesi de eklendi, maşallah suphanallah.

Son anda bomba haber de patlıyor: Beyaz spor ayakkabı şartı varmış!

Dört spor ayakkabım var. Hepsi siyah! Kapanmasına 10 dakika kala girdiğim mağazadan, kepenkler indirilirken bir çift beyaz koşu ayakkabısı kapıp çıkıyorum.

Masrafa da girdik, iyi mi.

BİR MUSKA, BİR OKUNMUŞ PİRİNÇ OLAYDI...

Yine gözlerde çok büyütüldüğüm, yine asla görev alanlarımda olmayan bir konuda benden üstün performans beklenen bir gün!

Kalktım giyindim, eşofmanın belini kıvırdım. Bir kolej sınavı sabahı heyecanı. Okunmuş pirinç yutmaya ihtiyacım olan saatler.

Bizi otobüse doldurdular. Modacı Arzu Kaprol neşeli. Rahmetli Cüneyt Arkın çakı gibi, "At olsa da ters binip meşaleyi öyle taşısam" gibi bakıyor. Benim kilometremi de o koşsa, rica etsem, ayıp olur mu? Fatih Terim gayet alfa, ki zaten sporun cumhurbaşkanı gibi bir şey.

Dikkatimi çekti, Mehmet Günsür'ün eşofman altı kendi eşofman altı, ayağında da simsiyah koşu ayakkabıları var! Ne yapıyor acaba ya? Sınıfın akıllı uslu çalışkan öğrencisi gibi dudak büküp onun bu halde koşuya alınmayacağı konusunda ısrar ediyorum. Hiç öyle bir şey olmuyor!

Meşale ateşini Arzu'dan alıp koşup, Mehmet'e vereceğim. Saat 18.00 ve Mecidiyeköy hıncahınç! İşten çıkmış herkes otobüse el sallıyor, fotoğraf çekiyor veya trafik koşu yüzünden felç olduğu için bize bakışlarıyla iyi dileklerini bildiriyor.

Beni otobüsten indiriyorlar, yolda yunuslarla bekliyoruz. Çok gerginim. Arzu koşuyor. Vay anasını nasıl da güzel, bayağı koşuyor. Yaklaşıyor. Ya koşamazsam. Ya saçımı yakarsam! Arzu'yla meşalelerimizi havada birleştirip kendiminkini yakarken, Çinli bir görevli bana bir şey söylüyor.

– Fesi miida!

– Efendim? What?

– Fesi miida, fesi miida!

Çince mi İngilizce mi bu? Ne diyor? **Daha koşmaya başlamadan neyi yanlış yaptım anasını satayım ya?**

Biliyorsunuz artık. Alışık değilim, azarlanınca lal olurum! Bakıyorum öyle! Tekrar bağırıyor!

– Fesi miidaaa!

Tonunu biraz daha sertleştirirse kafasına geçireceğim elimdeki meşaleyi!

Bir saniye sonra anlıyorum ki, ağır aksanlı bir İngilizceyle "Face the media" yani "Basına yüzünü dön" diyor!

Vücut pozisyonumu değiştirip, sırıtarak gazetecilere bakıyorum. Ateşimi alıp başlıyorum koşmaya... Allahım yardım et.

PARKURDA BENLİĞİMİ BULDUM

Yanımda "Fesi miida..." ve arkadaşı da koşuyorlar. Arada da bana "Biraz yavaşla" filan gibi talimatlar vererek. **Ne kadar hızlı koşuyorsam, düşünün!**

Çok gururluyum.

Yanlarda motosikletli polisler, önde bir otobüs basın, arkada konvoy. Meşale bir kilo, sıkıntı yok, ayakkabılar rahat. Sırıtmalar, etrafa el sallamalar, görgüsüz hareketler içindeyim.

O an kafamda ağır çekim koşuyorum ve fonda *Ateş Arabaları* filminin müziği çalıyor! Vangelis Usta, benim için mi yaptın bu besteyi, aşk olsun bana be!

Şahane hissediyorum. Rüzgârın kızıyım ben ya! İşte ailemin yıllardır benden beklediği atletik anlar! Her gün koşarım ben artık bundan sonra. Spor çok acayip bir şey, canım spor!

Aman hemen de Mehmet görünüyor. Vallaha vermem meşaleyi, daha koşacağım ben! Görmezden gelip şöyle geçip gitsem, acık daha koşsam? "Fesi miida..." müdahale eder mi? Tam hızımı almışım zira.

Mehmet'le eskiden tanışıklığımızın yüzü suyu hürmetine, durup meşalesini yakıyorum. **Muzaffer bir ifadeyle dünya spor tarihinin zirve noktalarından birinin hiç hak etmeden parçası olma anımın tadını çıkarırken ve bir yandan da medyaya bu anı ölümsüzleştirmeleri için fırsat veriyor...ken... Mehmet, sen tut, üzerindeki formayı çıkar ve içindeki "Free Tibet" (Tibet'e özgürlük) yazan tişörtle koşmaya başla!**

IŞILTIMI ÇALAMAZSIN MEHMET GÜNSÜR!

Ortalık karışıyor! Çinli "Fesi miida"lar kızgın, basının görüntü almasını engellemeye çalışıyorlar, ama flaşlar patlıyor! Kaos! Kameralar Mehmet'in önüne geçiyorlar! Özgür dünya alkışlıyor! Mehmet mesajını canlı yayında tüm dünyaya vermiş olmaktan mutlu, koşuyor.

Ya kardeşim, sen benim hayatımda olmuş ve olabilecek tek spor zaferimi niye gölgeliyorsun?

Niye dünya çapında gayet haklı bir davayı dile getirerek benim ışıltımı çalıyorsun?

Ben o kadar beyaz ayakkabı almışım etmişim! Tam, "Aşk olsun doğrusu, tam da istenilen formayla, nasıl da rüzgâr gibi koştu, saçını yakmamayı bile başardı, gözümüzde büyüttüğümüz kadar varmış" denecekken niye medyanın tüm ilgisini kendinde topluyorsun!

Moralim bozulunca canım karbonhidrat ister. Ve biliyorsunuz atletler asla kilo almaz. Ne yeseler yakarlar.

Bu bilgiler ışığında meşalemi yanıma aldım, Arzu

Kaprol'le gidip şöhretini duyduğumuz bir tatlıcıda kireçte kabak tatlısı yedik! Evlere dağıldık sonra.

Biz Olimpiyat koşucuları için zafer kısacık bir an vallahi! İstersen tarih yaz, sonra sıradan halk gibi kireçte kabağını yiyip, evine gidiyorsun işte.

Eziklik deyince de ben!

"Ben miyim hapse tıktığım, neden suçlu kılıklıyım, söyle gardiyanım çok yatar mıyım?"**

Tipimde, halimde tavrımda, ruhumun hak etmediği bir haşmet, bir gösterişli kendine güven, bir alfalık var. Şöyle bir baksan sanırsın astığı astık kestiği kestik bir karakter.

Yine gözünüzde büyütüyorsunuz. Çoğu zaman için için ezik, mahcup, aşırı kibar bir tipimdir. "Yanlış anlaşılmasın, karşı taraf kötü hissetmesin" diye ezilir büzülür, gereksiz hareketler yaparım.

Marketlerde kasaların bitiminde hiçbir şey almayanların çıkıp gitmesi için yapılmış bir koridor var hani. Güvenlik orada durur. **Ben marketten her bir şey almadığımda o koridordan "Bir şey almadım"ı jest ve mimik-**

** Nil Karaibrahimgil'in şarkısı "Ben Aptal mıyım?"dan.

lerle oynayarak çıkarım! Dudaklarımı gerip başımı iki yana sallarım, iki kolumu yanıma açıp hızlıca bırakırım "Yok işte, yok" gibisine! Hatta bazen ağzımın içinde söylenirim, **"Hiçbir şey bulunmuyor abi"** filan. Ve çıkarken en son da güvenliğe en zengin, en namuslu, hırsızlıktan en uzak gülümsememle selam vermeyi ihmal etmem. Bazen şakacı bir tavırla eklerim, "Aradığım hiçbir şey yok, havamızı aldık çıkıyoruz hihi!" Çocuğun aklında şüphe kalmasın diye mi, şimdi şüphelense bile cesaret edip ünlüyüm diye bir şey soramaz, ben içini rahatlatayım diye mi, ne bileyim.

MARKETİNİZDEN HIRSIZLIK YAPMADIM, NİYE ÖYLE BAKTINIZ?

Yahu çık git! Zaten almadın ki bir şey.

Milyonların var, çikolata mı çalacaksın? Yürü, git! Sen Gülse Birsel'sin! Bir elinde iki şampanya, diğer elinde sekiz kutu havyar, marketin en pahalı ürünlerini alıp bilabedel götürüyor da olsan, güvenlik muhtemelen selam verip bırakacak. "Vardır bir bildiği, çalacak değil ya" diyecek. "Önceden aldığı ürünü değişime getirmiştir, istediğini bulamamıştır" diyecek. En olmadı, "Çekim yapıyordur, sosyal deneydir" filan diyecek. Bu neyin gereksiz suçluluğu?

Butiklerde kendimi gömme alışkanlığım var. Yine eziklikten. Çok tatlılar, hep ısrar ediyorlar, "Gülse Hanım şunu da deneyin, tam sizlik" filan diye. Diyemiyorum ki, "Beğenmedim!" Alıp giriyorum kabine. Kendi beğendiğimin yanında onu da denemiş gibi çıkıyorum sonra. Diyorum, **"Sizin elbiseniz muhteşem fakat benim o kadar garip bir vücudum var ki, yani omuzlar gereksiz geniş, bel omza göre gereksiz dar, gövdem zaten uzun, Allah kahretmesin bu hilkat garibesi vücudu, hiçbir şey uymuyor!"** Sonra kaçıp gidiyorum.

Bu eziklik hep kendi halinde insanlara karşı. Satış elemanları, market güvenlikleri... Yoksa aksi gibi gerçek otoriteyle problemim var! Yani harbiden iktidar alanı olan yetkili mercilerle. Patrona, valiye, bakana hiç lafımı sakınmam. Ben senin gücünün altında ezilmiyorum, hiç de takmam ha filan gibi bir havalar.

Market güvenliği 21 yaşında çocuğa bisküvi çalmadığımı kanıtlamak için hallerden hallere giriyorum rahat hissetsin diye ya, içişleri bakanını görsem, bana muhabbet açmak için laf olsun diye dese ki, "Gülse Hanım hiçbir şey almadan çıkıyorsunuz?" ters teper! **"Alsam öderim herhalde, bu taraftan geçmem değil mi?!" filan diye adama durduk yerde çemkirir, başımı belaya sokarım. Allah bana şifa versin!** (Otoriter baba sebepli mi acaba? Psikiyatrlar bunu da araştırsın bana dönsün! Bu kitapta benimle ilgili bazı şeyleri böyle bedavadan çözeceğiz.)

Polisler ise gözümde iki gruptan da biraz farklı. Hem evet otoriter bir pozisyondalar, ama hem de işleri çok ağır, hayatları çok zor, kolaylaşsın istiyorum filan. Yine de bir noktaya kadar cool bir ilişkimiz oldu. Ezilmedim büzülmedim.

Ta ki bir gece set çıkışı durdurulup kimlik sorulana kadar. Ki gayet sık olan bir şey. Kimliğe bakılıyor, çoğunlukla tanıyorlar, mizaha yaklaşımlarına ya da genel mizaçlarına göre mesafeli veya sıcak bir selamlaşma yaşanıyor, arada sırada fotoğraf çektirme oluyor, dağılıyoruz.

Ama işte o akşam, kimliğimi verdiğimde tuhaf bir şey oldu.

Polisler de şaşırarak dedi ki, **"Gülse Hanım, arananlar listesindesiniz?"**

Mizahçı da olsa yazan çizen herkes böyle durumlara içinde bir yerde hazırlıklıdır. Dedim ki, **"Hangi yazımla ilgili?"**

Yazıdan değil, dolandırıcılıktan ve evrakta sahtecilikten aranıyormuşum! Ben? Haydaa!

YILLARCA ARANAN BİR SUÇLUYMUŞUM

Şimdi sizi yıllar yıllar önceye götüreceğim ve bir tür *Yaşar Ne Yaşar Ne Yaşamaz* hikâyesi anlatacağım.

1992 yılı, üniversite öğrencisiyim. Bir akşam, bir restoranda, masadan kalktık, pistte coşkulu coşkulu dans ettik, döndük ki çantam yok. Kimlikler, kredi kartları, hepsi içinde. Ertesi sabah bankanın kart iptal işlemi yapmasını bekleyene kadar, kartın yeni sahibi, sezonluk giyim alışverişini yapıp arkadaşlarını ocakbaşında yemeğe götürmüş bile! Üzerinde durmadık, kimlikler için hükümsüzdür ilanı verip yenilerini çıkarttık. Bir-iki ay sonra, evin telefonu çalıyor! Sesi titreyen, fena tufaya gelmiş bir adamcağız anneme, **"Sizin kızınız Gülse var ya, o Gülse, burada Antalya'da bizden araba kiraladı, hepimizden borçlar aldı, bir daha da gelmedi, ehliyeti bizde"** diyor!

Annem, **"Bizim Gülse Antalya'ya hiç gitmedi, sizinki hangisi?"** cevabını verince, saç-göz rengi tarifine giriliyor, eşkâl tutmuyor. Anlaşılıyor ki, **Boğaziçi'nde okuyup bir yandan da sabahlara kadar dergide çalışan bir sazan Gülse var, bir de ülkeyi sahte kimlikle dolaşıp maceradan maceraya atılan bir sahte Gülse!**

Yıllar geçiyor, geliyoruz tee 2004'e. Cüzdanımın çalınmasından 12 yıl sonra. **Annemlerin kapısı çalıyor: Benim için bir gıyabi tutuklama kararı!** Devlet, hırsızlık ve evrakta sahtecilik suçlusu, halk düşmanı Gülse'yi sonunda bulmuş! **Hanımefendinin 1992'de meğer benim kimliklerimle boyamadığı boya kalmamış! Evrakta sahtecilik! Ben? Lisede sınav kâğıdına verilen notta bile tahrifat yapamamış bir tırsık? Ki 5, aynı renk kalemle çok kolay 9 olur malumunuz.**

SUÇLUYU BULDUK: ŞU AN TELEVİZYONDA!

2004 diyorum bak. Bu esnada artık "Avrupa Yakası"nın ikinci sezonu, sokakta imza filan veriyorum! Meğer benim kimliğimle işlediği suçlardan dolayı, 1994 yılında o maceracı arkadaş hakkında gıyabi tutuklama kararı çıkmış, fakat 'Gülse', bir türlü bulunamamış! Öz hakiki Gülse ise, 1999 yılına kadar aynı evde ikamet etmiş, evlenmiş, her adres değişikliğini bildirmiş, gazetede imzasıyla yazı yazmış, televizyona çıkıp bir de ünlü olmuş! **Ve takdir edersiniz ki 'Gülse', Ayşe Fatma kadar yaygın bir isim de sayılmaz! Yani 2004 yılı itibarıyla, İstanbul'da "Gülse de, kime sorsan gösterir" hale gelmiş bir nevi!** Bunlara rağmen kendisi 12 yıldır firari görünüyor! **Pardon arkadaşlar ama Mata Hari olsa bu kadarını kıvıramaz!** Dedim ya, babam avukat. Allahtan araştırıp, dolandırılan kişiyi buldu. Adamcağız, "Aaa, Gülse Hanım'ı biliyoruz, hayranıyız, 12 yıl önce beni dolandıran başka bir kızdı" diyor ama kamu davası açılmış bir kere! Bildiğin 'kodesi boylamak' üzereydim ki, zamanaşımı oluştuğu ortaya çıktı, yırttım! İyi mi? E ya adamı bulamasaydık? **Bu konunun bitmesinden belki sekiz-on yıl sonra ise polis çevirmesinde "Artık aranmadığım" henüz dijital kayıtlara geçmediği için hâlâ firari görünüyormuşum. Olay buymuş. Neyse konu açıklığa kavuştu, yürüdük gittik.**

Gerçek dolandırıcı asla bulunamadı bu arada.

SUSMA HAKKIMI KULLANMAYAYIM, SİZE BİR SAHNE OYNAYAYIM

Ama bana da o gün bu gündür her polis çevirmesinde bir kikiriklik geldi. Artık otoriter baba kaynaklı bir konu değil, o kör olası kimlik hırsızı kız kaynaklı!

Bazı durumlarda ünlüler kalabalıkta çok tanınmak istemez. Elbette güzel sözler, selfie istekleri filan mutlu ediyor insanı. Hatta ben günlük serotoninimi bazen buralardan alıyorum, Allah sizlerden razı olsun. Ama bazı durumlarda ani kalabalıklar oluşuyor, kucağa bebekler veriliyor, bebekler ağlıyor (ki çok haklılar çünkü dizileri seyretmedikleri için yabancı bir kadının kucağında rahat hissetmiyorlar!), bir tişört alıp çıkacağınız mağazada 25 dakika kalıp insanların yanında fotoğraf çektirdiği bir kartonete dönüşüyorsunuz.

Nişantaşı iyice zor. "Avrupa Yakası" o semtte geçtiği için bazı insanlar beni görünce hikâyenin içinde bir sahneyle karşılaşmış gibi oluyorlar. **"Şimdi evinizin önünden geçtik ya inanılmaz"** diyorlar mesela! "Benim evimi biliyor musunuz?" diyorum şaşkınlıkla. (Zira kısa zaman öncesine kadar Nişantaşı'nda oturuyordum.) "Tabii" diye cevap veriyorlar, **"Kırmızı apartman işte, dizide gördüğümüz!"** Onun benim değil hayali bir karakter olan Aslı Sütçüoğlu'nun apartmanı olduğunu, hatta dizinin orada değil Elmadağ'da bir stüdyoda çekildiğini söyleyip söylememek arasında kalıyorum! Bazısı, "Abiniz iyi mi?" diyor. Gerçek abim ünlü bir göz doktoru, bazen onun hastalarıyla karşılaştığım olur. Ama Nişantaşı'nda genellikle abimi sorarken Ata Demirer'i kastediyorlar. **"Abiniz Bozcaada'da mı, çok kilo verdi ama değil mi?"** filan.

Bu muhabbetler uzayıp kalabalıklaştıkça yollarda izdiham oluyor, meşgul insanlar şikâyet ediyor. Bir noktada işler çığırından çıkıyor, gören geliyor, tanıyan tanımayan toplaşıyor. Aralara, "Abla sen kimdin ya, birisiydin di mi?" diyenler karışıyor. Onun için şapkaydı, güneş gözlüğüydü özellikle acele bir iş halledip eve dönmen gereken durumlarda işe yarıyor.

Ama polis çevirince artık tavrım asla bu değil!

Polis durdurunca hemen varsa gözlüğü, şapkayı çıkartıp, arabanın iç ışığını açıp, "Benim yahu ben" gibisinden sırıtıp el sallamalar, "Setten dönüyoruz memur bey" diye kim olduğumun altını çizmeler, hiç tanımayan polis olursa (ki pek olmuyor) Aslı rolüne girip, "Volkan karışma bana ya!" filan diye "Avrupa Yakası"ndan bir kuple oynamalar. (Bu sonuncusunu yapmadım, komik olsun diye yazdım.)

Çoğunlukla da polis diyor ki, **"Gülse Hanım, şoför beye alkol kontrolü yapacağız, sizlik bir şey yok!"**

Malumunuz ben hikâye aramam, kara mizah kendi ayaklarıyla bana gelir.

Madem anı anlatmaya başladım, devam edeyim...

Endoskopinin püf noktası: Ünlü bir sanatçının vurulmadığı haftaya denk getirmek!

Siz sabah evden midenize şifa bulmak için çıkarsınız, hayat size Derya Tuna'ya geçmiş olsun ziyareti yaptırır. Gerçek mizahçı malzeme aramaz, malzemenin içine düşüp orada debelenir.

Siyasetçi olmama sebeplerimden biri ilk bakışta hiç göze çarpmayan narin ruhum. Kırılgan, duygusal kişiliğim. Huzursuz küçük bir serçeye benzeyen minik kalbim! Ya tamam o kadar da değil de göründüğümden biraz daha hassas biriyimdir, o doğru.

İş güç konusunda tamam çelik gibi sinirlerim vardır. Mangal yürekliyimdir. Fobilerim yoktur.

Hastalıklardan kolay sıyrılırım. Canım tatlı değildir. Tıbba bakışım şudur:

- **Aspirin**
- **Tarçınlı salep veya kahve**
- **Nane limon**
- **Vicks**
- **Aslanlı yakı**
- **Sumaklı soğan (tercihen lahmacunun içinde)**

Bu yukarıdakilerin çözemeyeceği hastalık yoktur. Ameliyat filan gerektirmiyorsa, sağlık sorunlarımın çözümlerini bu listede ararım.

Ama huzursuz, pimpirik tipimdir. Sorumluluk aldıysam kafaya takarım. Onun için geceleri zor uyurum ve midem hassastır.

Ve o mide bir gün işi mide kanamasına kadar vardırdı!

Tamam sakin, hafifinden geçirdim. "Yalancı mide kanaması." Kız tavlası gibi. Oyuncu botoksu gibi.

Aç karnına bir arkadaşımın ev oturmasına gittim. Yemek işi bitmişti, ben de setten çıkıp uğramıştım. Dizi stresi, aç karnına bir votkalı soda, sonra midem bulanınca sebebini anlamayıp fışırdayan aspirinlerden bir tane daha aç karnına içince... mide gümledi!

BEN İYİYİM, AMA TÜRKİYE'NİN MERAK ETTİĞİ "İBO NASIL?"

Çaktırmadım hiç insanlara, elimi yüzümü yıkayıp gidip veda ettim, kalktım. Eve giderken abimi aradım, kendisi bir göz doktoru ama doktor sonuçta. "Merak etme" dedi, "belirtiler çok hafif bir durum gibi, tam mide kanaması değil de belki mukozada bir çizik vs olabilir. Evde hemen bir bardak soğuk sütü ağır ağır, yudum yudum iç, durumuna bak. Bir daha bir sıkıntı olmazsa, yat uyu. Ama muhakkak bu hafta bizim hastaneye gel bir endoskopi çekilsin, midede yara mara var mı görelim."

Eve gittim. Bir bardak sütü yavaş yavaş içerken televizyonu açtım. Aaa bütün kanallar canlı yayında! İbrahim Tatlıses vurulmuş. Evet o gece!

Merakla seyrederken büyük bir bardak sütü bitirdim.

Ben iyiyim. İbrahim Bey iyi mi bilmiyoruz, herkes bunu öğrenmeye çalışıyor! Neyse, yattım uyudum.

Sabah daha da iyi kalktım. Hiçbir şeyim yok. Kahvaltımı ettim.

Haberlere baktım, ünlüler akın akın Derya Tuna'ya geçmiş olsun ziyaretinde, medya hastanenin kapısında, çıkanlardan Tatlıses'in durumuyla ilgili bilgi almaya çalışıyor filan.

O arada abim aradı. Dedi ki, "Sana yarın sabah için endoskopi randevusu aldım. Sabah dokuzda gel. Bu akşam dokuzdan itibaren de hiçbir şey yeme içme. Sadece su. Yarın sabah da öyle, çay kahve filan da yasak." Kendinden 15 yaş büyük bir ağabeyinin olmasının en kötü tarafı itiraz edememek, en iyi tarafı itiraz edemediğin kişinin doktor olması!

Peki sabah kaçıncı kata geleceğim?

"Sen hastaneye gir, benim ekipten biri seni kapıdan alıp bana getirir, birlikte ineriz" dedi.

Ki buna muhtacım! **Öğleden önce, hele dokuzda filan beynimin ön korteksi devreye girmez.** Ön korteks veya frontal lob malumunuz bilinçli düşünmeden, problem çözmeden, karar vermeden sorumludur. Benimki öğle saatlerinde mesaisine ancak bir kahveyle başlar ve sabaha karşı iki-üç sularında performansının zirvesine çıkar. Zorla sakinleştirip, gevşetip uyutmaya çalışırız o saatte!

Sabah dokuz ve kahvesizlik söz konusu ise, demek ki durumu tek başına halletmeye çalışan bir beyin sapı ve rölantide çalışan bir serebellum'la idare edeceğim! Hastanenin kapısına kadar zaten şoförle gideceğim. Kapıdan da biri alıp abime götürürse bana sadece dengede durarak beş-on adım yürümek kalıyor.

BU ODA O ODA DEĞİL SANKİ

Sabah aynen planladığım gibi başladı. Kahvesiz çaysız, aç biilaç, beyin sapımın yardımıyla hastanenin önüne gittim. Kapıdan içeri girdim, takım elbiseli bir bey gelip, "Hoş geldiniz Gülse Hanım, buyurun buradan" diye beni aldı. Kendisinin gösterdiği kapıdan girdim, kapı kapatıldı, ben döndüm... ki...

Odada abim yok. **Odada Derya Tuna var! İki adet beli silahlı ve bıyıklı sakallı genç koruma beyefendi var. Bir de hamur işlerinden oluşan açık büfe var!**

Belli ki "geçmiş olsun"a gelen sanatçılara kolaylık olsun diye kapıya bir adam koymuşlar, ünlü görünce ensesinden yakalayıp buraya getiriyorlar!

Beynimin nöronları birbiriyle iletişim kuracak daa, frontal kortekse sinyal gidecek dee. **O esnada Derya Tuna, "Hoş geldin Gülsecim" diye bana sarılmıştı bile!**

Ben de içgüdülerimle kendisine sarıldım! (Birbirimizi hayatta ilk görüşümüz!) Bir süre sarılıp sırt pışpışlayarak helalleştik. Ve silahları görmenin bana verdiği kortizol sayesinde, "Çok geçmiş olsun" filan gibi bir şey geveledim. Derya Hanım aklı başında, kibar, o anki benim tam tersim gibi bir insan. **Teşekkür etti, "Otur Gülseciğim" diye buyur etti. Ben hemen oturdum! Ne yapacağım başka?**

Bir sessizlik oldu.

"Hay Allah... Nası olur böyle yani... Allah Allaah" şeklinde, fındık kadar beyin dokusunun zar zor bir araya getirdiği bir kelime potpurisi attım odanın ortasına!

Derya Tuna onlara baktı, mealini aldı ve verilebilecek en makul cevabı verdi. "Her şey insanlar için, dua ediyoruz, inanıyorum iyi olacak" filan. Ve benim açımdan sohbet malzemem bitti!

İki yudum kahve içmiş olsam, bak sadece iki yudum. Belki, "Ben endoskopiye geldim, kalamayacağım, ama gelmişken kapıdan uğrayıp size de geçmiş olsun demek istedim" gibi insana yaraşır, beni oradan tertemiz çekip alacak bir cümle aklıma gelir. Ama kahve içmemişim!

Tekrar bir sessizlik oldu.

İlk kez karşılaştığımız için o an aslında tam da İbrahim Tatlıses'le tanışıklığımı anlatmam, bir anı aktarmam gereken an. "İbo Show'a çıkmıştık, ne gülmüştük o gün, onun için haberi alınca çok üzüldüm" gibi bir şey lazım oraya.

"TEK TEK" DE NE GÜZEL ŞARKIDIR AMA...

Sanat dünyasından İbrahim Tatlıses'le hiç karşılaşmamış üç kişiden filan biriyim. Hiçbir anım yok. İbo Show'a hiç gitmedim. Ve beyin sapı durur mu, hemen konuya dair arşivde bulabildiği tek bilgiyi yapıştırdı:

"Ya ne şarkılar o kadar yıl. O "Tek Tek" mesela, ne acayiptir!"

Dedim ben bunu, evet!

Derya Hanım bana, "Bu kadın gerçekten kendi mi yazıyor o senaryoları acaba?" gibi şüpheli bir baktı. Çünkü o beyinle bu beyin aynı değil gibi!

Tam "Tek Tek" şarkısında 81 kez "Tek" dendiği gibi bir şehir efsanesi olduğunu, bunun gerçeklik payını sormama çok az varken, Derya Tuna "Ne içersin Gülsecim?" diye kalktı ve bana bir tabak yapmaya başladı! Poğaça, kek, pasta dolduruyor.

Ben de istemez miyim hanfendi? Ama yasak!

"Yok hiçbir şey yemem, lütfen" diye müdahale ettim. Peki. Olabilir. Rejimdeyimdir bir şeydir.

ÇAYI REDDETMEK DE BİRAZ BÜYÜK HAREKET!

Derya Tuna tabağı bıraktı. "O zaman çay koyuyorum" diye bardağı aldı, termosa yönelirken ben yine panikle ve biraz yüksek perdeden atıldım, **"Yook çay da içmem, hayır!"**

Bu defa Derya Hanım'la birlikte silahlı korumalar da bir döndü baktı!

"Yok çay da içmem, hayır!" mı? Hayırdır ya?

Çay konusu önemlidir bizim kültürde. Nezakettir, dostluktur, barıştır. İki hüp çayı reddediyorsan ve o esnada ameliyata filan girmeyeceksen (ki ben bir nevi giriyordum) ortada bir gerginlik, bir tartışma, hatta bir küslük var demektir!

Al mesela bir dizide birbirini vurmaya gelmiş iki mafya grubunu. Birisi derse ki, "Oturun bir çayımızı için", anlarsın ki ya bir tuzak var ya bir barış teklifi. Karşı taraf, "Hayır çay may içmeyiz" derse, anla ki çatışma çıkacak. "Peki içelim bir çay" diye oturup çay karıştırmaya başladılarsa, biliriz ki hikâyedeki husumet bitti, bunlar artık beraber çalışacak!

Onun için "Yook çay da içmem, hayır" şey gibi tınladı, sanki **"Ben buraya çay içmeye gelmedim! İbrahim'in bana borcu var, önce onu çözeceez"** filan deyip silah çekecekmişim gibi... Saçma bir şaşkınlık, bir gerginlik geçti bütün yüzlerden.

Derya Tuna da anlamadı. "E bir çay da iç canım artık, ne bu böyle?" dedi kadın biraz sinirlenerek. Haklı! Hayır sabahın dokuzunda geçmiş olsuna ne geldin o zaman? Nezaketen al çayı iki hüplet, defol git! Di mi?

İTİRAF ZAMANI

Azarlanınca lal olduğumu söylemiş miydim? Söylemiştim.

Hemen en yanlış cümlelerle yumurtladım: "Ya şey bana çay kahve yasak, çünkü şöyle, midem hasta da, ben aslında size değil endoskopiye geldim, yanlışlıkla bu odaya getirdiler, ziyaretçi sandılar" diye...

Halbuki bak hâlâ "Gelmişken size de kapıdan geçmiş olsun demek istedim" için şansım vardı. İki yudum kahve içmiş olsaydım!

Derya Tuna olgun kadın. Bir durdu, başını salladı. "Anladım Gülsecim" yaptı, sonuna da manalı bir "Geçmiş olsun" ekledi! **Ezik büzük odadan çıkarken yine mizahla günü kurtarma peşine düştüm: "Tabii benim mide İbrahim Bey kadar ciddi bir konu olmasa da, vallahi insan şey yapıyor, ne olursa olsun önce can tabii, yoksa çay içmem mi hiç ehihih" gibisinden. Tüyler dikerek.**

Çıktım kapıdan. Abim beni arıyor. Geldi dedi ki, "Kızım neredesin?"

"Ben çizik mide ve tek beyin lobuyla Derya Tuna'yı ziyaret ediyordum. Çayı senin yüzünden reddetmeme rağmen çatışma çıkmadan helalleşip ayrıldık. Sen neredesin? Bu arada bayıltılıp mideme kamera sokulmadan merak ettiğim bir konu daha var: 'Tek Tek' şarkısında kaç kere 'Tek' kelimesi geçiyor?"

Kızları da alın askere!

Kadınlar ve erkekler bambaşka acı eşikleriyle hastalıkları birbirlerinden çok farklı yaşarlar. Peki kadınlar askere gitse, erkekler regl olsaydı?

Bak önceki yazıda nasıl mide kanamasını hızlı geçip, endoskopi detaylarına hiç değinmeyip hemen şakalı bölümleri anlattım di mi? Çünkü canım tatlı değildir.

Ağrı, acı, hastalık konusunda dayanıklıyımdır. Her kadın gibi. Doğum yapan cinsin ağrıya daha dayanıklı olduğu kesin. Bunu biliyoruz. Ama bu kadar mı dramatik fark olur yahu?

Mesela her evli kadın bana katılacaktır: **Erkek soğuk algınlığı ile kadın soğuk algınlığı birbirinden farklı hastalıklardır biliyorsunuz!**

"Kadın soğuk algınlığı" ayakta geçer. Kadın burnunu çekip ilacını yutarken, bir yandan da kendi için gibi görünse de herkese yetecek kadar çorba yapar. Ballı ıhlamurunu içerken dizisini seyredip bir yandan çocuklara ders çalıştırır. Gündüz ve akşam ne ilaç alması gerektiğini derhal arkadaşlarından öğrenip semptomları minimuma indirir ve kimseye hissettirmeden soğuk algınlığını günlük hayatın içinde eritir. **Kadın soğuk algınlığı bireysel yaşanan bir hayat cilvesidir.**

"Erkek soğuk algınlığı" ise bambaşka, çok olağandışı belirtileri ve hayati tehlikesi olan bir hastalıktır! Aa tabii! Erkek salona yastık ve battaniyelerle yayılır, hapşırma öksürme gibi semptomları ilçenin sağlık ocağının da duyacağı volümle haykırarak dışarı aktarır! Evi bir kliniğe çevirir. Ne ilaç alması gerektiğini asla bilmez, korku içinde sağlık profesyonelleri talep eder. Ateş, öksürük, eklem sızısı gibi her sıradan belirtiyi hayatında ilk kez deneyimliyor gibi panikle ev halkına aktarır: **"Başım ısındı, gözüm yanıyor, ne bu böyle şimdi?", "Ciğerlerimde ödem olabilir mi ya?", "Benim her yerim ağrıyor ha, bu normal bir hastalık değil, ambulaaans!"**

Erkek hastayken sadece tam teşekküllü bir hastane değil, 24 saat açık tam teşekküllü bir otel mutfağı da ister. Farklı mönüler talep eder, çorba siparişini aniden Şehriyeli Domates'ten Yayla'ya doğru değiştirir, gece yarısı kek yaptırır... Azami ölçüde yemek seçmeye ve iştahının olmadığını iddia etmesine rağmen insanüstü ölçülerde yemeye başlar. Ve nedense hepsini inleyerek yer! **Erkek soğuk algınlığı mecburen kolektif yaşanan bir ailevi krizdir!**

Babam soğuk algınlığını tam erkek soğuk algınlığı olarak yaşardı!

Bazen de hasta olmamasına rağmen tıpta olmayan belirtilerle bir "Çok hastayım benimle ilgilenin" performansı yapardı. Anlatayım.

SEMPTOM AÇIK BÜFESİ

Annemle tartıştılar diyelim. Kadın küstü. Annem de küsünce küser ha. Kessen kendi barışmaz. Babam da parlayıp on dakika sonra sönen cinsten. "A kuşağı" olduğu için, "Şekerim birden parladım kusuruma bakma, ben haksızım" filan demeyi de bilmiyor. Evdeki herhangi bir sessizliğe, afra tafraya, neşenin yüzde on azalmasına da hiç tahammülü yok!

Esmiş gürlemiş, annemden afra tafrayı yemiş.

10 dakika sonra içeriden gelir. **Ve şu performansı yapar: Ellerle şakakların ovularak 'ahh' denmesi, sonra bademciklerin parmak uçlarıyla kontrol edilerek hafifçe öksürülmesi, ağzın büyük büyük açılıp kapatılarak şap şap sesler çıkarılması (ağzımın tadı yok gibisinden), biraz aşağı inilip ellerin kaburgaları yoklayıp 'ovv' diye inlenmesi, sonra iç çekilerek dizlerin ovulmasıyla kapanış.**

Şimdi, tıbbın bildiği, bu belirti serisinin tekabül ettiği bir hastalık yok.

Bu bir kombo. Bu senin ortaya karışık yaptığın bir semptom potpurisi baba ve şov olduğu çok belli!

Ne yaptın öyle şimdi? Tansiyonun çıktı, başın mı ağrıyor? İki dakikada bademciğin mi şişti? Çene kemiği kasılmasından ağzının tadı mı kaçtı? Miden mi ağrıyor? Dizlerin mi tutuldu? Hangisi yav?

Açık büfe yapma, alakart getir bize! Birini seç, onun performansını yap be adam!

Şakaklarını ovup ahh mı diyeceksin? Tamam, sadece onu yap, bitir! Biz de diyelim ki, "Hmm yazık adam sinirlendi, tansiyonu çıktı, başına ağrı girdi." Oradan yürü.

O karışık potpuri şu demek aslında: "Anneniz bana bozuk atıyor, ben de full haksızım, ama pasif agresiflik yapıyorum ki bana çok üzülün ve herkes hemen şahane davransın."

Beş dakika sonra da unutup rolden çıkar, televizyonda komik bir şey varsa güler, iyi mi? (Babacığım asla oyunculuk konusunda uluslararası bir başarın olamayacak, orası kesin. Bu da benim içimde kalmış bir uktedir. Sana kendi acı ilacını tattırdım, nasıl?)

ERKEĞİN CANI TATLIDIR

Bir erkek gerçekten hasta hissedecek de evi ayağa kaldırmayacak, mümkün mü?

Erkekler check up sonuçları ve muayenelerini bile *New York Times*'a manşet olmaya değer görürler! Kadınlar hayatları boyunca regl, doğum filan gibi inanılmaz şeyleri sürekli yaşadıkları için ufak tefek sağlık hikâyelerini anlatmaya gerek duymazlar. Deminki yazıda endoskopi konusuna hiç girmemem gibi. Oysa ağzınızdan midenize kadar uzanan kameralı bir boru sokuluyor, boru değil!

Ama işte belki Anadolu kadını olduğumuzdan mıdır nedir bilmiyorum, bizler için şikâyet etmemek, dayanıklı olmak filan racondur.

Mesela bütün erkekler hayatlarında bir kez hasbelkader oldukları (tamam, o da tatsız bir prosedür ama) prostat muayenesi hikâyesini farklı janrlarda anlatıp dururlar. Gazeteciler ciddi bir haber gibi, komedyenler kara mizah türünde, drama oyuncuları psikolojik gerilim janrında! Her erkek o travmayı kendi üslubuyla farklı ortamlarda anlatarak sisteminden atar.

Mamografi ise her yıl yaptırılır ve hiçbir kadın bahse değer bulmaz.

Bu kitabı okuyan erkek okurlara şöyle betimleyeyim mamografiyi: **O sadece yüzde otuzunu dekolte elbiseden görerek üzerine "yârin sinesi" filan diye şarkılar şiirler yazdığınız "ikizler" bayağı tek tek alınıp Ayvalık tostu yapılıyor sevgili kardeşim!**

Ben şu an salon kadını çizgimden ve yılların zarif mizahından bir tık kaymış olabilirim ama burada her kadın şunu teyit edecektir: **Mamografi cihazı, dünyanın en yassı tostlarını yapabilecek kapasitede bir tost makinasıdır!** Ve aşağı yukarı da bir tostun pişebileceği süre kadar o vaziyette durmanız gerekmektedir.

Anlayışlı sağlık çalışanları o zaman zarfında (ki zaten o sıkıntılı tost basma durumuna ek olarak kötü bir şey çıkar mı gerginliği de var) sizi lafa tutar, oradan buradan konuşurlar. Genellikle bana dizilerle ilgili sohbet açılır. Maalesef ben de "Seyrediyor musunuz diziyi, ne hoş" filan deyip geçemem hiç! Baştan savma cevap ayıp olur diye, bir de o anki gerginliği, sıkıntıyı çaktırmama peşinde koştuğum için!

Çünkü dedim ya, Anadolu kadınıyım, acıya dayanırım, vik vik etmek ayıptır, bir. "Batılı bir insanım, modern gibi çağdaş gibiyim, tıbba saygılıyım, hiç bu hallerden utanıp, tedirgin olmam" ayakları, iki!

Bunların hepsi buluşunca, bir gün baktım, tost yapılmış, kapak yukarı kalkmış, ben hâlâ o pozisyonda, "Aslında Gizem karakteri biraz da o kesime eleştirel bir bakışın..." filan diye analizler kasıyorum. Halimi fark edince de şöyle yaptım: "Olmadı bunu buradan alayım di mi, kaldı burada çünkü!"

E al tabii al bacım. Takımı bozma, ötekinin eşini bulamazsın!

Tövbe estağfurullah neler anlatıyorum.

Yani sonuçta kadınlar olarak sağlığa dair derdi tasayı biraz içimizde biriktiriyoruz, kırk yılda bir belki birbirimize anlatıyoruz. Zira kadınlar saklamayı, arşivlemeyi de sever. Giysileri, mutfak eşyalarını hep lazım olur diye atmayıp biriktirme huyumuz vardır. **Belki de bunun için ödem tutuyoruz. O su lazım olur, tutayım vücudumda diye!**

KADIN ACI EŞİĞİ, ERKEK ACI EŞİĞİ

Öte yandan şu da bir sebep: Kadınların acı eşiği erkeklerden çok daha yüksek.

Acı eşiği konusunda demin spor yazısında bahsettiğim 1.58 boyundaki milli voleybolcu ablamın, o cep Herkül'ünün eline kimse su dökemez.

Doğum yapacak bu, hastaneye gittik. Oturuyoruz odada. Bu Herkül diyor ki, "Biraz sancı oluyor gibi ama herhalde daha yeni başlıyor!" İşin muhabbetinde, ha ha hi hi, çay filan içiyor. Bir ara doktor geldi. "Nasıl gidiyor Dilek Hanım?" diye sordu. Ablam, "Ya on-on beş dakikadır biraz hissettirdi kendini sancılar, bayağı sağlam ağrı var şu an" diye mızmızlandı.

Yani biz mızmızlandı sanıyoruz. Doktor sırıtarak şöyle bir üstünkörü muayene etmeye girişti. "Oo Dilek Hanımcığım bunlar daha ön sancılar, yeni başlıyoruz, daha çok v..." derken manzarayı görüp kalakaldı ve panikle dışarı seslendi: **"Çocuğun başı göründüü, doğum başladı, götürüyoruz!"**

Bizimki bir yandan çay içip bir yandan doğuruyormuş yanımızda. 10 dakika sonra yeğenim dünyaya merhaba dedi! Kadın Sparta askeri yahu.

GÜZELLİK ACI DEMEKTİR!

İkimiz beraber gidip işte lazer, altın iğne filan bir şeyler yaptırıyoruz yüzümüze. Özellikle güzellik salonlarındaki kadın doktorlar bu kadın-erkek acı eşiği farkını çok iyi biliyorlar ve pek eğleniyorlar! Erkeklerin çoğu uygulamaların yarısında çıkıyormuş!

Ama bir gün bizzat deneyimledik.

Bir tür "küçük dokunuş" var: Bir sürü iğne aynı anda cildinize giriyor ve cildinizi ısıtıyor da. Kolajeni uyarıyormuş filan falan. Yarım saat sürüyor. Bittiğinde yüz domates gibi kızarıyor ve birkaç yerinden kan akıyor oluyor! Ablamla yaptırıp sonucundan pek memnun kaldık.

Üç ay sonra tekrar giderken çok övdük diye eniştem de heves etmiş! Krem bile sürmeyen adam, neyse. Dedi ki, "Acıyor mu?" "Yoo" dedik, "biraz batıyor ve ısınıyor sadece ama erkekler dayanabilir mi bilmiyoruz."

"Yahu ben 18 ay askerlik yaptım, bırakın bu işleri" diye dalga geçti.

Üçümüz aynı anda, üç ayrı odada uygulamaya girdik. Benim yattığım yerde çenem açıldı, muhabbet ettim durdum. Bitti, çıktım, baktım kimse yok. **Eniştemi sordum. Gitmiş. Nereye? "Acil işim çıktı" demiş. Yalan tabii. Beş dakika dayanmış, yanağının yarısını yaptırıp eve kaçmış!** (Sonradan resmi söylemi: "Bir faydası olmayacağı izlenimini aldım, orada vakit harcamak istemedim." Aynen kardeşim aynen.)

"Ablam nerede?" dedim. "İşlem sırasında uyuyakaldı" dediler! Pess!

18 ay askerlik ha? This is Sparta enişte!

ŞAMPUAN, DUŞ, MANİKÜRCÜ GETİRİN, VATANI SAVUNALIM!

Bu arada gerçekten erkeklerin askerlikle bu kadar hava atması nedir? Kadınlar savaşamaz mı? Oğlum bizim için çocuk oyuncağı. Bir yerimiz acımıyor ki? Bir kadın savaşırken yaralandığını bile fark etmeyebilir!

Hele eğitim amaçlı askerlik, füfüü. İçinden geçeriz.

Neymiş, yok koşu, yok ipe tırmanma. **Yav benim bacılarım sırf Instagram'a video çekmek için ipe değil direğe tırmanıyor, bir de direkte saatlerce baş aşağı dönüyor!**

Sadece karın kasları olsun diye. Çünkü "karın kası is the new göğüs dekoltesi" malum. Cefakâr Anadolu kadınları pilates'te yarasa gibi ters asılıp öyle duruyorlar! Tekinsiz tekinsiz hareketler. Düşmanın aklı gider yemin ederim!

Askerdeki mıntıka temizliğinden çok şikâyet eder erkekler. Vah gülüm kıyamam. **Canlarım, bilmem farkında mısınız, bizim hayatımız mıntıka temizliği. Mıntıkanın anasını ağlatan da sizsiniz!**

Efendim postallar sertmiş, ayağa vuruyormuş. **Hiç stiletto giydiniz mi canım kardeşim? Ben son 20 yıldır her çekimde giyiyorum, 14 saat.**

Kadınlar askere gider, şikâyet etmez, bir de "Ne güzel bol bol yürüdük yağ yaktık, ipe tırmandık karın kası yaptık, crop top'lar beklesin bizi" diye Yarabbi şükür derler.

Sadece, bizi o gece, altı saat spor yapıp terlemiş bir alay insanla dolu sıkışık bir yatakhanede uyutamazsınız. O olmaz!

Verin kadınlara her gün sabun, duş, şampuan imkânı, koyun garnizona bir manikür pedikür birliği, derhal ordunun potansiyel insan gücünü iki katına çıkaralım.

Revir izni filan da almayız ha ikide bir. Bizi biliyorsunuz, "Kadın soğuk algınlığı ayakta geçirilen bir hastalıktır."

ERKEKLER BİR KEZ REGL OLSA

Sonra da askerlik anısı olarak sadece öteki kızların dedikodusunu yaparız sabaha kadar! E ne? Her ay regl olan bir cins, postalların ayaklarını nasıl acıttığını anlatmaya değer bulabilir mi Allah aşkına?

Peki mesela bir erkek hayatında bir kere regl olsa?

Ouuu. 30 yıl anlatır yemin ediyorum! Toplar arkadaşlarını, koyar viskiyi rakıyı, uzun uzun, gözleri ufka dala dala anlatır:

"Abi o sabah, ben kalktım, hemen hissettim zaten, bir bok var! El ayak şişmiş, yüzümde üç sivilce birden. Mood'um bozuk. Diyorum kimi dövsem. Bütün gün bir asabiyet, karnım davul gibi oldu, kolumu kaldıramıyorum halsizlikten. Ben ben değilim ya. Akşamüzeri kasıklarıma bir sancı girdi. Allah seni inandırsın böyle sancı dünyada görülmemiştir! Aha buradan başlıyor, na buradan bele vuruyor, ta dizlere kadar. Dedim, 'Allah rızası için bir doktor, ben gidiyorum'. Kanama başlayınca, zaten apar topar ambulansla hastaneye. Bayılmışım ambulansta. Yanımda babam, abim, kayınçom ağlar! Neyse... Bir hafta hastanede kaldım abi. İlk üç günü zaten hatırlamıyorum. Ağrı kesiciler, serumlar... Çok acı günler yaşadım. O haftayı asla unutamam. Allah beni sevenlerime bağışladı. Beş sene oldu valla vücut anca kendine geliyor!"

Hihiii. Yav ne var? Erkek komedyenler sürekli kadınları tefe koyup çalıyor. Biraz da biz erkekleri gömelim.

Canım erkekler, beyefendi kardeşlerim, hepinizi çok seviyorum. Asla cinsiyet ayırımcılığı yapmam. Yahu benim sizden çok yakın arkadaşlarım var. Babam da erkek, abim de. Kocam erkek ya! O kadar severim sizi.

Ama hızımı almışken biraz daha gömmeye devam edeceğim! Şimdiden hepinize sarılır, sırtınızı pışpışlarım.

Evlerdeki tüylü dostlarımız: Erkekler

Saygıdeğer beyefendi kardeşlerimiz. Testosteronun sultanları. XY kromozomlu ruh eşlerimiz. Bu yazı size dair tespitler içeriyor. Ben laflarımı ortaya koyuyorum, beğenen alır gider, beğenmeyen bırakır kaçar.

Sizi beğeniyoruz. O seslerinizin kalınlığı, kas oranınızın bizden daha çok olması, dünyayı hep kendi aranızda yönetmek istemeniz filan çok tatlı!

Çok kıymetli insanlar çıkardınız aranızdan. Bir Einstein, bir Messi, bir James Bond. James'i en son filmde mizahçı bir kadın yazdı gerçi, tamam boş ver onu! Sonuç olarak süpersiniz ve sizi seviyoruz.

Ama bu yazıda biraz sizi masaya yatıracağım.

Bunlar eleştiri değildir, rica ederim. Bunlar içine sevgi

katılarak pişirilmiş tespitlerdir efendim. Kokulu öpücüklerle dolu istatistiklerdir, sevecen gözlemlerdir! **Hepiniz tabii böyle değilsiniz belki ama genel resme bakıldığında, size dair anlatacaklarıma çoğu kadın katılacaktır.**

ERKEKLER NİYE "YEMEK YEMEZ?"

Mesela siz niye yemek yemeyecek gibi yapıp sonra "fake" atıyorsunuz canlarım?

Evinde oğlu, kardeşi, abisi, sevgilisi, babası, kocası, erkek ev arkadaşı, yani "tüylü dostu" olan her kadın katılacaktır: Hiçbir erkek "akşam yemek yemez" biliyorsunuz. Meraklı değillerdir. "Ne yersin, akşama ne pişirelim?"e hiçbir zaman tatmin edici bir cevap alınmaz! Garip bir tokgözlülük, bir istemem yan cebime'cilik, bir nazeninlik gelir bu soru sorulunca.

Sebebi sanırım beyefendi kardeşlerimizin bu soruya kahvaltı sırasında veya hemen sonra maruz kalmaları!

Tanıdığım erkeklerin çoğunun (7 veya 70 yaşında olmaları fark etmez) önemli bir özelliği çok kısa vadeli plan yapmalarıdır.

Kadınlar o günkü akşam yemeğini planlarken 10 ay sonra giyecekleri mayonun modelini, erkekler ise önümüzdeki 10 saniyede aç olup olmayacaklarını düşünürler! Dolayısıyla kahvaltı saatleri civarında bir erkek az önce iki yumurta, dört dilim ekmek, üç pişi ve yarım kalıp peynir yemiş olduğunu derhal unutup, canının hayat boyu bir şey istemeyeceğini, genel olarak iştahsız biri olduğunu zanneder.

Babam işe gitmeden akşam yemeği önerisi sorulduğunda hep derdi ki: "Ben yemeyeceğim bu akşam, şöyle bir kaşık yoğurt yeter." Sonra o akşam bir kaşık yoğurt yerdi babam akşam yemeğinde. **Yanında türlü, pilav ve yaprak sarma olan bir kaşık yoğurt! Yoğurt yatağında bir full tabldot yerdi babam!**

Ardından da yarına kalmaz diye, tamamen ev ekonomisine hizmet amacıyla, israf olmasın mantığıyla dörtte bir karpuz.

Aynı hikâyeyi evde yaşadığı erkekle ilgili neredeyse aynı kelimelerle anlatan pek çok kadın tanıyorum.

Afiyet şeker olsun, yiyin canlarım benim. Ama evde yemeği yapan insana da sabahtan bir ipucu verin di mi ama?

Erkekler, evrimin açıklayamadığı bir biçimde ne zaman acıkacaklarını ve ne zaman doyduklarını hesaplayamazlar. Dövüş sporlarında ne kadar iyilerse bu konuda da o kadar kötülerdir.

O yüzden mükellef ziyafetlerde fazla kaçırıp gece Japon balığı gibi şişen, fenalaşan hep erkeklerdir.

Yine o yüzden, sabaha kadar açık çorbacılarda, büfelerde, öğleden sonra tok hissetmiş ve akşam yemeği planı yapmamış, gece geç saatte de açlıktan beti benzi atmış, şekeri düşmüş insanlar yine hep erkeklerdir!

Zira hiçbir erkek annesi, eşi veya sevgilisi olmadan evde ağza atılacak bir lokma bulamaz. Ev dolu olsa da bulamaz! Ve bu apayrı bir fenomendir.

O AVCI GENLERİ BİR EVDE NİYE HİÇBİR ŞEYİ BULAMAZ?

Bir soru daha: Siz niye hiçbir şeyi bulamayıp sürekli bize soruyorsunuz canlarım?

Abicim bütün bu adamların ataları güya avcı değil mi?

Öyle ya. Erkekler doğada avlanır, kadınlar meyve toplayıp mağaraya ve çocuklara bakardı. Teori bu değil mi?

Peki niye şu an hiçbir yerde hiçbir şey bulamıyor bu adamlar? Yüzyıllarca yol bulmuş, av hayvanı bulmuş, güneybatıyı bulmuş, nehre giden patikayı bulmuş, kıta bulmuş kıta!

Siz niye evde hiçbir şeyi bulamıyorsunuz aşkım? Niye ya? Aynı evde yaşıyoruz. Siz de aynı süredir oturuyorsunuz bu evde beyefendi!

– Gömleğim neredee?

– Piller neredee?

– Ampuller neredee?

Buzdolabındaki sütlacı bulamıyorlar ya! Sesleniyorlar.

– Sütlaç neredee?

Portmantoda olabilir mi? Olamaz. Bir sütlaç nerede olabilir ya? Buzdolabında tabii ki.

– Buzdolabında canım.

– Yok?

İnsanı da şüpheye düşürüyorlar. Diyorsun acaba biri mi yedi, atıldı mı, n'oldu? Gidiyorsun mutfağa. Sütlaç buzdolabında en önde, yayılmış duruyor. Bakıyor bıkkın bir ifadeyle. "Yine bulamadı bu" der gibi.

– E burada işte sütlaç?

– Haa. Ama alt rafa koymuşsunuz!

Bulamıyorlar.

O kadar yüzyıl nasıl yaşadı bunlar? İç mekânda mı yapamıyorlar acaba?

– Hanım ben bufalo avlayıp getirmiştim o neredee?

– Ateşi bulmuştum ateş neredee?

– Tekerleği icat etmiştim o neredee?

Bir ihtimal kalıyor. Avı da biz çözdük, tekerleği de ateşi de. Bunlar da mağaranın önünde top oynadı.

Araştırılmalı.

ERKEK MODASI KONUSUNDA UYARILARIM

Her şeye rağmen sizi seviyoruz, dediğim gibi. Hele Türk erkekleri. Tabii ki. En iyiler bizimkiler. En yakışıklılar bizimkiler. Vatanseverlik gözlerimi boyamış olabilir, olsun, bence öyle.

Ama şu giyim işinize bir el atmak lazım. Bakınız beyler dost acı söyler.

Bir soru daha: Siz niye bu kadar yanlış yunluş giyiniyorsunuz canlarım?

Tüm yakışıklılığınıza, karizmanıza rağmen belki başka milletlere yakışıp sizde tam öyle durmayan bazı tasarımlar vardır değil mi? Kelimelerimi çok dikkatli seçmeye çalışıyorum ama daha fazla duramayacağım: **Allah lillah aşkına o dar, kısa paçalı tayt gibi şeyleri giymeyin ya!** Skinny kumaş pantolon giymeyin rica ediyorum. Streç jean giymeyin ant veriyorum!

Bakınız çok azınızın incecik cetvel gibi bacakları ve çok dar kalçası var. **Biz hamur işi seviyoruz güzel kardeşim,**

birbirimizi kandırmayalım. Herkese bir yakışan yakışmayan vardır. Hayır inanın sıska bacaklı erkek de matah bir şey değil ha, hiç sevmem, Cin Ali gibi. Ama işte o pantolona o Cin Ali bacağından lazım.

Bir de ayıptır söylemesi çok kısa paçalı pantolon için de daha sarışın, hadi baklayı dilimin altından çıkarayım, biraz tüysüz olmak lazım! E siz de öyle değilsiniz ve çok fena manzaralara maruz kalıyoruz! Yapmayın.

Bir de... Aşırı dar giymeyin diyorum ama aşırı bol da giymeyin.

Çünkü çok bol giysilerle de başka bir şey oluyor. Vücut üç-dört kuşak geri gidiyor, köklerine dönüyor. Rahat olayım, yogacı olayım, dökümlü giyeyim, stil yapayım diyenler ucunu kaçırıp şalvar-terlik kombinine düşüveriyorlar! Çünkü genler oraya çekiyor zaten.

Sen Balenciaga bol jogger pantolon, Armani yakasız gömlek, Gucci terlik giyersin, bırakırsın bir de hipster sakalı. Moda ikonu oldum zannederken bir aynaya bakarsın mintanlı, şalvarlı, çarıklı dedenin dedesi aynadan sana bakıyor!

At sırtına bir küfe, üzüm sat, o hale gelmişsin!

Ne çok dar ne çok bol, ortada bir ayar tuttur. Coğrafyanı unutma. Çok Doğu'ya çok Batı'ya gitme, sen arada bir yerdesin.

KADINLARLA NARGİLECİDE TANIŞAMAZSINIZ

Artık bir ablanız bir kız kardeşiniz olarak mı, siz yine beni gözünüzde büyütmeyin ama bence aklı fikri yerinde bir vatandaş olarak, beyler, sevgili adayı bulmakla ilgili bazı tavsiyeler vermek istiyor, ihtiyacınız olduğunu düşünüyorum.

Öncelikle, siz bu pandemide zaten eser miktarda olan avcılık içgüdülerinizi iyice kaybettiniz ha!

Herkes elinde telefon, aplikasyondan sevgili bulma peşinde.

Vallahi iyi alıştınız. Yemek eve gelsin, su eve gelsin, market alışverişi eve gelsin, üst baş, teknolojik alet, hepsi eve gelsin.

App'ten manita beğenin, o da eve gelsin ha? Yeter ki kalkmayın o kanepeden.

Yav bir sokağa çıkın oğlum!

Bir partiye gidin. Düğüne gidin. Çay bahçesine, pastaneye gidin. Bara çıkın ne bileyim. Apartman toplantısına gidin, belli olmaz ki. Birileriyle tanışın. Kızlar çiçek gibi geziyor dışarılarda. Siz eşofmanınızla patates gibi kaldınız evlerde.

Bıraktınız dışarıda avlanmayı, her gün masa başında Pubg peşindesiniz, Minecraft peşindesiniz. Yapmayın bu kadar. Aşırı değer verdiniz şu teknolojiye. Burhan Altıntop'un pek severek yazdığım bir repliğidir: **"Sen üç kuruşluk adama beş kuruşluk değer verirsen o da gelir aradaki iki kuruş için seni satar!"** Bak tepenize çıkarttınız teknolojiyi, yapay zekâ yarın bir gün mesleğinizi elinizden alacak belki, n'aber?

Neyse. Gamer olmayan, flört uygulaması kullanmayan tayfa da belki diyecek ki: "Çıkıyoruz ama çevremizde kız bulamıyoruz, n'apalım?"

Yani meşhur avcılar yine "bulamıyorlar" görüyor musun? "Kızlar neredee?"

E nargilecide, kıraathanede bulamazsın hayatım! Medeniyete bir adım atarsan, tiyatro olur, müze olur, sergi olur, konser olur... Oralar duvardan duvara kadın!

Babam annemle klasik müzik konserinde tanışmış. Babam bir klasik müzik âşığı mı? Hayır. Stravinsky'nin amca oğlu mu? Yoo. Ama işi biliyor adam. Doğru zamanda doğru yerde olmayı biliyor.

Tıraşınızı olun, ne çok dar ne çok bol olan giysilerinizi giyin, evden çıkın.

Yalnız tabii, beğendiğiniz bir kadın görürseniz, ilk yaklaşım da çok önemli!

"HEPSİ BİZİM Mİ" Mİ? ÖNCELİKLE BU SOFİSTİKE SORU İÇİN TEŞEKKÜRLER!

Bir sorum daha var.

Hepiniz yapmıyorsunuzdur belki. Veya çok genç yaşta, ergenken filan deneyip bırakmışsınızdır. Ama lütfen bizi aydınlatın.

Siz niye laf atıyorsunuz arkadaşım?

Yüzyıllardır bu niye var? Hayır bize özel bir durum da değil. İtalya'dan Amerika'ya dünyanın her coğrafyasında oluyor bu.

İçtenlikle soruyorum, motivasyonunuz nedir tam olarak? Laf attığınızda o laf attığınız kadının bakış açısından şansınızı, cazibenizi yükselttiğinizi mi düşünüyorsunuz?

Tam tersi oluyor, biliyor musunuz?

Genç bir kız olarak yürüyorsun mesela sokakta. Hoş, yaşıtın bir çocuk görüyorsun, duvarın üstünde oturuyor. Tam sen geçerken, bak dikkat et, "Merhaba" demiyor, "Nasılsın, ben Ahmet" demiyor. Diyor ki:

– Hüüp yavru!

Yaşıtın, "Hoş çocuk"luktan çıkıp "Iyy tacizci salak" oluyor hemen!

Tabii ki laf atmadan laf atmaya fark var.

"Sarı Mersedesss" diye laf atanla, 80'li yıllarda yeni çıkmış Madonna şarkısından alıntı yapıp "Who's that giiirl?" diye laf atan bir olmuyor. İçinden diyorsun ki, "Vay benim sevdiğim şarkıyla laf attı, çocuk müziksever... Ama 'tacizci salak bir müziksever.' Yine çiz üstünü!"

"Hepsi senin mi?" en kötüsüydü bak. Tarkan o şarkıyı yapana kadar çoğu kadının berbat bir taciz anısıydı bu cümle. Tarkan onu nakarat yaptı, yaralarımızı sardı, genç kızlık travmamızı iyileştirdi. Demek ki, "Hepsi senin mi" diye laf atıp günümüzü mahvetmiş o hayvanlar, belki de özlerinde Tarkan gibi insanlardı. Belki biz yanlış anlamıştık. **Aslında belki bunlar, bize yarı şaka kur yapan kibar, yakışıklı, iyi dans eden çocuklardı! Neden olmasın.**

Laf atma nedir ya? Sokakta rastladığınız kadınla ilk iletişim denemesi olarak bulabildiğiniz en iyi fikir bu mu?

Sümerlerden beri laf atıyorsunuz oğlum, artık daha sofistike bir yaklaşım getirin!

El kadar cennet kuşları dişiyi etkilemek için ne danslar ne şarkılar ne performanslarla uğraşıyorlar. Biraz çaba ya!

Ve daha önemlisi Sümerlerden beri bunun hiç işe yaradığı görüldü mü ki? Bu fikir hiç çalıştı mı yani?

Sokakta bir kadına laf atıp sonra onunla sevgili olan, evlenen var mı?

– Eşinizle nasıl tanıştınız?

– Yoldan geçiyordu, baktım çok güzel bir kız, çok beğendim. Hemen böyle yaptım: "Hüüp yavruu, hepsi senin mi?" Ben öyle deyince, tabii, kendisi çok etkilendi.

– Çok mu etkilendiniz gerçekten Gözde Hanım?

– Elbette. "Hepsi senin mi?" deyince, bu zekâ dolu çığırış aklımı başımdan aldı! Hemen koştum, dedim, "Merhaba ben Gözde, ya siz?" Ve ekledim: "Bu arada hepsi benim, evet. Sorduğunuz için teşekkürler."

Bu olay hiç olmadı beyler. Olmayacak da!

Anlıyorum. Aynı tokken akşam yemeğinde yoğurtla doyacağınızı sandığınız gibi, 10 saniye ilerisini düşünmüyorsunuz. Ama kendimi tekrar etme pahasına, "Hadi biraz avcılık" yahu!

Avın mantığı nedir? Hayvanı kandıracaksın.

Ne bileyim kendini zararsız gibi göstereceksin, sessiz yaklaşacaksın, tatlı davranacaksın, yiyecek vereceksin, kafasını okşayacaksın, kendine alıştıracaksın, artık kaçmayacak, hop yakalayacaksın.

Bufaloya, tavşana ne yaptınız siz bin yıllarca? "Hüüp, yavru, gel, yicem seni!" diye bağırdınız mı? Geldi mi öyle yapınca? Hiç sanmam.

Bu laf atmanın günümüzdeki karşılığı tinder'da, bumble'da filan sağa kaydırmak galiba. "Hüüp yavru" demek gibi bir şey. Basit. Herhangi bir zekâ emaresi, flört, espri, performans gerektirmiyor. Belki onun için pratik geldi millete.

Hayır bu "mükemmel avcılarla" insan türü nasıl hayatta kaldı? Ne yiyip içtik? Bunlar nasıl eş bulup çiftleştiler de neslimiz tükenmedi?

Bence kesin kadınlar çözdü o konuları da.

Ya da, esasında dinlemediği müziklerin ateşin etrafında yapılan toplu dinletilerine gidip, orada kızları avlayan Taş Devri uyanıklarının torunlarıyız!

Araştırılmalı...

Aşk meşk, flört, "çıkma" ve diğer baş belaları

Gençler, aşka inanmayın ama aşksız da kalmayın. İleride bakarız demeyin. "Geç olsun da güç olmasın" deyişi aşk için geçerli değildir. Aşk ne kadar geçse o kadar güç olur!

Tinder minder yokken, bizim kuşak "genç kuşak" sayılırken ve bizlerin, yani X ve Y'lerin derdinin ne olduğu tartışılırken "aşk" hâlâ tüm haşmetiyle bizi o duvardan bu duvara vurmaya devam ediyordu!

Bugüne göre daha uğraşmalı, akıl yormalı, emek yoğun bir işti. Ailelerin sevgilinle tanışması, ilişkiyi bilmesi, onu yemeğe çağırması, sohbet etmesi filan, eğer ortada bir yüzük yoksa ender görülen bir tavırdı. Mahallene bakar tabii, ama hayatında herhangi biri olduğunu bilmeleri bile kızılca kıyametin kopması demek olabiliyordu.

Ayrıca bir "çıktığının" olması için öncelikle akşamları dışarı "çıkabilmen" lazım! Nasıl çıkacaksın? Hele kadınsan. Şehirli, eğitimli, modern ailenin 20'lerinin sonuna yaklaşmış kızı bile olabilirsin, fark etmez. Bendenizin yazdığı ve sizin yıllarca izlediğiniz, kariyerimin ilk dizisinin ilk birkaç sezonunda, oynadığım karakterin babası ve abisiyle en büyük çatışmalarından biri buydu, malum. Ve çoğunluk kadın seyirci Aslı Sütçüoğlu ile özdeşlik kurdu.

Mesela benim (dizideki değil gerçek) babam, belli bir yaşa kadar "Alt katta parti var" desem, "Şimdi gerek yok kızım, merak ederiz" diye kestirip atardı. Konu eğitim veya işse, düşünmeden Mars'a yollayacak adam bu ha. **"Kızım git, yerçekimi şart mı?"** diyecek adam! Ama konu gezme tozmaysa dur bakalım! Zira Türk babası.

Şimdi bazen 19-20 yaşındakilerin manitası evde yatıya kalıyor, sabah anne baba hep birlikte kahvaltı ediliyor filan. Müthiş kolaylıklar.

Ama bu sefer de çocuklarda iş yok! Kim kalkıp aşk yaşayacak şimdi ohoo, bir sürü iş.

Bir kere şartlar zor. Dışarı çıkmak çok maliyetli. Evlenmek filan daha da. Uğraş dur. Para olsa enerji yok. Anne baba evinde kirasız, sorumluluksuz, çiçekler gibi oturup, yiyip içip ütülü tişörtlerin birini giyip birini çıkarmak, sevgilini misafir etmek varken!

Artık birbirini flört uygulamalarından bulup "situationship" kuruyor insanlar. Uygulamalarla ilgili fikirlerimi az önce betimledim. Situationship yani "durumdaşlık" ise iyice gıcık olduğum yeni bir kavram!

Bir tür ilişki mi? Esasen değil.

Kimse kimseyi birbirinin sevgilisi gibi görmüyor, ortada bir ilişki veya gelecek planı yok. "Duygu yok, arkadaşız ama arada buluşup bir gece geçirip dağılıyoruz" da değil. Bu en az 20-30 yıldır bilinen bir formül zira. Ve bana sorarsanız daha dürüstçe.

O zaman nedir "situationship?"

Gerçekçi bir bakışla: **"Sadece cinsellik için değil, seyahate, yemeğe filan gitmek için de insan lazım. Ama bu yanımdakine de bayılmıyorum. Adam gibi bir şey bulana kadar idare ediyorum. Gözüm daha yüksekte. Fakat baktım istediğim gibi biri çıkmadı ve 35'e geldim, o zaman kadere razı olacağım"** diyor taraflar.

Niye havalı bir isim koymuşlar? Şundan:

"Biz şimdi neyiz?"

Kazık bir soru!

Bu soru önünde sonunda gelecek. Ve **"Takılıyoruz işte"** demek ayıp. "Ben çocuk-adam'ım, çocuk-kadın'ım ve bırak aileyi, sevgili sorumluluğu bile alamıyorum" demek de karizma çizer. "Durumdaşız" de geç, hikâye bu.

AŞKIN KALİTESİNİ KAYBETTİĞİ İLK KUŞAK

Yav sen kimsin? "Situationship" he mi?

O fast food göbeğinle, 11 saatlik ekran sürenle, arkası esnemiş eşofmanınla sen olmuşsun "situation" be yavrum!

Vallahi üzülüyorum bu kuşağa.

Bizim "zemanımızda" insanlar yoktan sevgili var eder, gerekirse Fizan'a gider, fellik fellik gezer, dağlar dereler aşar, ekmeğini taştan topraktan çıkarır, kafelerden barlardan eve girmez, ne yapar eder gemisini yürütürdü yemin ederim. **Bunlar hiçbir yasak olmadığı halde uygulama indirmeden manita bulamıyor!**

Haklılar da bir yerde. Kıyamam, hayatlarının baharını bir virüs yüzünden iki yıl evde geçirdiler. Sexting'le, facetime'la idare ettiler. Daha iyi bir hayat bilmiyorlar ki.

"Situationship" bir aşk hayatı türü değildir. Aşkın kısa kalması, eser miktarda olması durumudur. Bir acıklı büyük şehir hikâyesidir. Bir iç parçalayıcı "Pandemi üstü depresif ekonomik kriz kuşağı" öyküsüdür.

Oyuncu olmaya heves ederken geçici olarak garsonluk yapmak, sonuçta ne servis sektöründe ne oyunculukta bir yere varamamak ve 35 yaşına geldiğini fark etmektir! Bir trajedidir.

İnsan ömrü hep uzamış. **Ama bugün tarihte bir önceki kuşaktan daha sağlıksız, ömrü daha kısa olacak ilk jenerasyonla karşı karşıyayız.** Şu anda ergen ve 20'lerin başında olanlar maalesef böyle. Tıbbi veri bu. Diyabet, kanser gibi hastalıkların ortaya çıkış yaşıyla ilgili bir öngörü.

Aşk için de benzer bir durum var. Bence tarihte, aşkı bir önceki kuşaktan daha sıkıcı, daha kalitesiz yaşayan ilk kuşak da bu yavrular!

Burada tek sorun erkeklerde mi? Değil. Ayrıca ben burada erkekleri gömen biri olarak da lanse edilmek istemem!

KIZLAR BİRAZ DA SİZİ DÖVECEĞİM!

Kızları da bu vesileyle biraz itip kakayım: Gördüğüm kadarıyla genç kadınların hayalleri de aşktan meşkten, kimle evleneceklerinden daha çok düğün hazırlıkları ve ev eşyaları üzerine!

Evleneceğiniz insan bir zahmet size alacağınız dikey süpürgeden daha heyecan verici gelsin arkadaşlar! Bir airfryer'ı sevgilinizden daha çok rüyanızda görüyorsanız bir daha düşünün!

Bir konu daha: Modacı değilseniz ve amacınız koleksiyonunuzu göstermek değilse bir düğünde dört gelinlik giymek çok saçma aşkım!

Ayrıca bak adam "durumdaş"çılardan değil, sorumluluk almış, evleniyor. Lütfen düğünde koreografi yapacaksınız diye işini gücünü bıraktırıp haftada beş gün dans provasına sürükleme yaa. **Sen Beyonce değilsin, düğün de senin sürekli kostüm değiştirip dansçılar eşliğinde şov yapacağın konserin değil!**

Madem başladım, hemen düğüne gelmeyeyim, öncesi için de birkaç tavsiye:

O protez tırnakları öyle çapa gibi yaptırmayın tatlım. Erkekler o tırnaklardan korkuyor, ben diyeyim size. **Hiçbir şeyden korkmuyormuş gibi yaptıkları için çaktırmıyorlar ama ödleri patlıyor ha, ayık olun.**

O kadar ağır makyaj da yapmayın kızlar, gözünüzü seveyim. Bir maşrapa fondöten sürüyorsunuz gündüz gündüz! Kat kat kontürler, takma kirpikler... Yetmiyor, bir çuval çıtçıtlı ek saç, Rapunzel gibi. Instagram filtrelerine zaten hiç girmiyorum, o işin ucu çoktan kaçtı. Niyetiniz ciddiyse ağzınızda yüzünüzde o kadar nitelikli dolandırıcılık yapmayın bak, hakikaten. **Adam Afra Saraçoğlu'yla evleniyorum diye düğünde sabaha kadar halay çekecek,**

sabah bir bakacak yanında İzzet Altınmeşe! Olmaz! Gerçeklere azar azar alıştırın.

İzzet Altınmeşe'yi örnek vermemden, bu dede mizahından, benim yaşımı başımı almış biri olduğumu da anlamışsınızdır. Şimdiye kadar hissetmemiş, beni gözünüzde büyütmüş (daha doğrusu küçültmüş) olabilirsiniz. Açıkçası biz televizyonda o nitelikli dolandırıcılıklardan bol bol yapıyoruz. Zira işin bir parçası! Ama siz artis martis değilseniz, biraz ölçülü yapın.

Yemek yapıp eve davet etme konusu var bir de. "Date yemeği" tabir ettiğimiz. Gözlemlerim beni yanıltmıyorsa bu makarna-şarap salgını bizim zamanımızdan beri bitmemiş. Yahu makarna Amerikalının "date yemeği." Bizde makarna öğrenci yemeği! Ayrıca romantik gece için son derece yanlış. Nasıl yapacaksın makarnanın sosunu? **Soğanı sarmısağı doğradıktan sonra nasıl kokacak o el? Saçına da sinecek. Yaa! Soğansız sarmısaksız makarna sosu var mı? Hangi tarif o?**

Adamı ilk kez eve davet edeceksen en güzeli Türk usulüdür. Çaya gelsin akşamüzeri.

Vallahi bak. **Meraklı komşuların kafası da rahat eder! Sen de önceden yaparsın böreğini, atarsın dipfrize, o gün çıkarır pişirirsin.** Kekini de yap, elin saçın mis gibi. Ev vanilya kokuyor.

Özellikle adam bekâr yaşıyorsa makarnaya değil bunlara aç, dinle beni sen! Kaldı ki makarnayı dayadığın adam demez mi: "Sabahtan beri bir makarna mı yaptı koydu önüme?" Yaa. Akşam yemeği yapacaksan ve ciddi düşünüyorsan en azından bir pilavını görsün. Tabii bacıım, dinle ablanı!

Şu an saçlarım uzuyor, ön dişlerim çıkıklaşıyor, çorap giyesim var, sanırım Seda Sayan'a dönüşüyorum! Olsun, severim. Ama burada ablalığa bir ara vereceğim.

Ezcümle...

35'in altı şahıslar! Date yemeğinde ne yerseniz yiyin ama o date'leri yapın ya! Harbiden, alışverişi, makyaj videosunu, TikTok'ta takılmayı, Minecraft'ta ejderha avlamayı bırakın. **Gidin birbirinizi avlayın!**

Pineklemeyin, çıkın aşk yaşayın biraz. O kadar hormona yazık değil mi evladım? Kıymetini bilin bu zamanların.

Çünkü bakınız, aşk da öyle her yaşta sürekli sürekli yaşanan bir şey değil.

AŞK MI KONFOR MU?

Tabii orta yaştan sonra yeni bir sürpriz aşk olabilir, bir ikinci bahar olabilir. Ama sanki 35-40'a kadar kalp çarpıntılı, sabaha kadar telefonda konuşmalı, yarım saat görmek için başka şehre gidip dönmeli aşkları biraz atlatmak gerekir gibi, ne bileyim.

Çünkü açıkçası orta yaştan sonra evliliğin, illa evli değilseniz bile uzun istikrarlı ilişkinin sayısız faydaları var. Daha da önemlisi, büyük konfor! Vallahi.

Bir kere işine gücüne konsantre olursun. Başarının anahtarıdır.

Tatillere kiminle gideceğin bellidir ve malum erken rezervasyon büyük imkân!

İlk "romantik yemek" için sarmısaklı makarna mı pilav mı diye düşünmene, ilk buluşmada ne giyip, ken-

dini nasıl anlatıp, nasıl bir prezantasyon yapacağınla ilgili endişelenmene gerek yoktur. Bunlara harcayacağın vakit ve enerjiyi şan dersi almaya, Japonca öğrenmeye, İngiliz ligi veya kanaviçeye verebilirsin. Neye ilgin varsa.

Kaldı ki konfor dedim ya, konfor 35 yaşından sonra o kadar önemli ki. Her geçen yıl da önemi artıyor. **40'lardan sonra hayat amacın "konfor" oluyor diyebilirim.**

20 yaşında bayıla bayıla kaldığın ve en acayip tatillerinden birini geçirdiğin klimasız, böcekli Bodrum pansiyonuna **40 yaşında sadece uzaktan bakmakla bile isilik olabilirsin!**

Bu yaşta, bu kafada, misal İstanbul'da karşı tarafta oturan sevgiliye katlanabilecek misin? Arabası da yok diyelim. İş çıkışı kimin evinde nasıl buluşulacak? Oraya kaç saatte gidilecek? Daha kötüsü gecenin sonunda uykulu uykulu kim kimi evine bırakacak? 20'lerde hiç takılmıyordun bunlara di mi?

Artık isteyeceksin ki seninle aynı yakada, hatta bu trafikte mümkünse aynı semtte otursun. 35-40 yaş itibariyle bekâr havuzu da küçüldü mü sana! Aynı semtten kafana uyan kaç kişi bulabileceksin?

Çok beğendin ettin, semtiniz de tuttu, ama biyoritminiz tutmuyor örneğin. Sen sabah 11'den önce kendine gelemiyorsun, öteki 6'da spora gidiyor. Gece arkadaşlarınla sohbetin en ballı yeri gelmek üzereyken, "Hadi tatlım uyuyalım" diye sürüklerse? Hayır karın kocan olsa, "Sen yat, ben oturacağım" dersin biter. Oysa taze aşk meşk işinde uzun uzun mevzu olur bu, gittin de kaldın da, yalnız uyudum da!

Sen deniz tatili seviyorsan, o yaylaya çıkmak istiyorsa? **Değecek mi iki haftalık yıllık iznini Çeşme'nin en civcivli zamanını kaçırarak Rize'de yağmur seyrederek geçirmeye?**

Ne güzel şimdi eşin "Survivor" takılırken sen vuruyorsun öteki televizyondan sevdiğin diziye. Taze bir aşkta bunu nereye koyacaksın? Böyle "date gecesi" mi olur?

BUZ HOKEYİ Mİ? KİM? BEN Mİ?

Evliliğin en tehlikeli yılı yedinci yıl derler. Onu atlatırsan evlilik çok uzun sürermiş.

İşte böyle yedi yılı aşmış evlilik ve uzun beraberliklere sahip orta yaşlı insanlarda, tüm bu anlattığım konfor ve erken rezervasyon fırsatlarının yanında, bir şey daha oluyor.

"Aşk hayatı" konusu günlük hayatın çok uzağında kalmış oluyor. Bir zamanlar öyle bir gündem olduğu bile tamamıyla unutulmuş oluyor!

Eşinle dostunla, kankalarınla buluştuğunda her şeyi konuşuyorsun. Siyaset, spor, sinema, güzellik, hastalık, sağlık, dedikodu... Ama o 20'li yaşlardaki fırtınalı aşk meşk muhabbetinden haliyle eser yok. "O bana öyle dedi, ben de ona böyle dedim, üç gündür hiç aramadı, acaba bu gece ne yapıyordur, şuraya gidecekmiş, ben de gideyim de tesadüfen karşılaşmış gibi yapayım mı..." Oo bunlar filan o kadar başka bir dünyada olmuş şeyler gibi geliyor ki kulağa.

Size o gece bekâr bir arkadaşınız katılmış diyelim. Kendisi hâlâ çok hızlı, yeni biriyle tanışmış, heyecanla onu anlatmış. Boş bulunmuş, uzun ilişkideki arkadaşlarına soruyor aynı konuyu. "Ee senin aşk hayatı nasıl gidiyor?" diyor mesela.

Bak, "Eşinle aran nasıl?", "Mutlu musun?", "Heyecan devam mı?" filan değil ama. Onlar kolay. "Aşk hayatın nasıl?" diye sorulacak!

İşte o zaman bu o kadar yersiz ve sahipsiz bir soru oluyor ki! Uzun evlilerin hepsi boş boş birbirine bakıyor. Hiç kimse üzerine alınmıyor. Yemin ederim!

"Aşk hayatı" değil de, sanki "Buz hokeyi nasıl gidiyor?" demiş gibi bir etki! Vallahi bak. Kaç kere gördüm ben bunu. O kadar yabancı bir konu gibi tınlıyor.

"Buz hokeyi" mi?.. Kime dedi? Bana mı dedi? "Buz hokeyi?" Ne alaka?.. Buz hokeyiyle ben ne alaka?

Böyle bir afallama, böyle bir konudan kopmuşluk! Buz hokeyi neydi ya? Nereden çıktı?

Sonra hatırlıyorsun. Evet doğru yahu senin bir buz hokeyi geçmişin vardı! Antrenmanlar, maçlar, hatta derecelerin, kupaların vardı! Esiyordun sen hokey pistlerinde yav! Ne oynuyordun şu buz hokeyini eskiden be! Hey gidi.

Ama işte buz hokeyi de yani, sonuçta kavga dövüş, düşme kalkma, sakatlanma, örselenme, bağırış çağırış, sürekli heyecan, adrenalin, sürekli yorgunluk. Her yaşta aynı hızla yapılacak spor değil!

"Zirvede bıraktım ben canım. Artık sadece arada eniştenle karda yürüyoruz!"

TAYIN YANINDAKİ MİRKET OLMA ABİM!

Bu, "Buz hokeyi neydi" kafası, önünde sonunda bir noktada geliyor.

Ve kötü bir şey de değil. Ayrıca orta yaş da artık 35-65 arası olarak tanımlanıyor tıp açısından. **Yani çok hevesiniz varsa 65'e kadar buz hokeyine devam edip karşı yakadan manita bulup köprü trafiğinde saatlerce romantik şarkılar dinleyebilir, erken rezervasyon işine hiç girmeyip aşktan ve sıcaktan yanarak klimasız pansiyonlarda takılabilirsiniz!**

Ama özellikle yine beyefendi kardeşlerime burada bir uyarım olacak:

Abilerim, 65'i de geçtiyseniz ve hâlâ yeni aşk peşindeyseniz, şu yaş farkını abartmayın!

Dediğim gibi aşkın yaşı yok. Kim kime karışabilir? Hayatınızdaki insanla kopmuş olabilirsiniz, geç yaşta gerçek ruh eşinizle yeni tanışmış olabilirsiniz. Ne güzel, ben ancak tebrik ederim. Ama şu yaş farkını yedi-sekizde, hadi bir o kadar da benden olsun, maksimum 10-15'te tutun. 20'lere, 30'lara çıkmayın ya!

Şık restoranların filan önünde görüyorum. İnanılmaz bir araba yanaşıyor, huşşk diye, son model, spor. Kapı açılıyor. Bir kadın iniyor arabadan. 25-30 var yok. **İki metre bacaklar, şelale saçlar, bir endam, bir ağız bir burun. Hey yavrum hey. Bir tay iniyor yahu tay. Acayip bir güzellik. Nereden baksan yarısı Allah vergisi!**

Sonra öteki kapı açılıyor. Oradan da bir abi iniyor. Orta yaşı geçmiş. Böyle kısa bacak, dar omuz, hamur işi göbek, saç dökülmüş, pıtı pıtı yere yakın hızlı adımlarla taya yetişmek için koşturuyor garibim.

Ah abim vah abim. Yapma işte bunu ya. Sen o tay yerine yanına şöyle (yine kıyak yapıp 10-15 yaş genç söyleyeceğim bak!) 50-55'lik tatlı bir tavuk alsan, diyeceğiz ki, "Ne hoş bir çift, sadece arabaları biraz genç işi!"

Halbuki sen abartıp illa o 25'lik tayda ısrar edince, biz de diyoruz ki, "Bu tayın yanındaki mirket kim?!"

Niye kendini mirket yapıyorsun?

Yetmemiş bir de dövme yaptırmışsın? Yetmemiş küpe takmışsın!

Andropozunun altını bu kadar çizmesene güzel abim!

Diyeceğim ki, hani felaket yakışıklısındır, Hollywood yıldızısındır, eh yine kaldırır. O bile kaldırmıyor ki. Son yıllarda Oscar törenlerinin en klasik şakası Leonardo DiCaprio'nun 20'li yaşlardaki kız arkadaşları. Bu adam 49 yaşında ve dünyanın en yakışıklı 10 insanından biri! **Bir kendine bir Caprio'ya bak. O adamı tefe koyup çalıyorlarsa kim bilir senin hakkında neler deniyordur, hiç mi aklına gelmiyor?**

Orta yaşın sonlarına doğru kadınlarda menopoz, erkeklerde andropoz bünyeyi sarıp bazı kişilerde dramatik semptomlar yaratabiliyor. Bu dönemde bana sorarsanız erkeklerin durumu daha riskli. Kadınlar daha avantajlı. Vallahi.

Gördüğüm kadarıyla menopozda ateş basması olunuyor, andropozda rezil olunuyor!

Menopozda kolajen gidiyor, andropozda kafa gidiyor!

Sürersin nemlendiricini, alırsın yelpazeni, anınla şanınla gezersin, ne var? Mirket olmaktansa!

Hmm madem aşk muhabbetinden çıktık, andropoza kadar geldik, biraz olgun yaşları konuşalım mı?

Orta yaşı yanaklarından öpüyorum!

Gençlik gerçekten hayatın baharı mıdır? Yoksa orta yaş 20'lerin terapi görmüş hali midir? Buyurun foruma.

Şu an dünyada para, zaman ve enerji harcanan konuların yarısına yakını gençlik arzusuna dair! Genç görünmek, genç yaşamak, genç giyinmek.

Şunu konuşalım önce: Gençlik o kadar da matah bir şey mi ya?

Orta yaşın 35-65 arası kabul edildiğini tekrar edeyim. Ve başlarken, gençliğin berbat yanlarını, orta yaştakilerin ise kazasız belasız buraya kadar geldikleri için parti vermeleri gereken sebepleri listeleyeyim:

1. **Gençlik hayata gerçekdışı bir büyüteçle bakmaktır. Her şey çok büyük görünür.** Aşklar, arkadaşlarla küs-

lükler, partiler, sınav sonuçları, iş görüşmeleri, umutlar, hayal kırıklıkları, sivilceler! Pek çok şey ölüm-kalım meselesi gibi gelir. Dramanın zirvesindesinizdir! Duygu fırtınalarından çıkıp endişe kasırgalarına girersiniz. Fındık kabuğu gibi oraya buraya sallanırsınız. Orta yaşa gelindiğinde ise deniz sakinleşir, büyüteç yok olur, hiçbir şeyin zannettiğiniz kadar dev ve hayati olmadığını anlarsınız. Hele neşeniz yerindeyse hayatınız sitcom tonuna geçer. Bu kafa tatilinin tadını çıkarın.

2. **Gençlik, vaktinizin yarısında karşı cinsten birinin sizinle ilgili ne düşündüğünü düşünmektir.** Flört hayatınızın merkezindedir. Ne dedi, nereye gitti, ne mesaj attı, seviyor mu, sevmiyor mu, buluştuk mu buluşamadık mı, başkası mı var, aldattı mı, gerçekten o kadar beğeniyor muyum, daha iyisini bulur muyum, bitecek mi, sürecek mi... Tam zamanlı ama hiçbir getirisi olmayan bir iş gibi!

Bir ara evime temizliğe gelen Karadenizli bir hanım kendine dair şöyle demişti: **"60 yaşından sonra belden aşağın artık senden değil!"**

"Senden değilse kimden?" diye sormadım! Bunu libidonun tamamen düşmesi, aşk meşk işleriyle hiç ilgilenmemek olarak yorumladım.

Ama deminki andropozlu abiye bakarsak, esas onun belden aşağısı kendinden değil, çünkü kontrolden çıkmış, adamı oradan oraya, spor arabalardan dövme yaptırmaya sürüklüyor! **Ve cümleyi böyle yorumlar-**

sak, ağır geçen andropozu da kenara ayırırsak, belden aşağının en "senden olmadığı", beyninden bağımsız başını en çok belaya soktuğu dönem, hem kadında hem erkekte gençliktir!

Bu işlerle delirmiş gibi uğraşmak çok şükür bir noktada biter ve buz hokeyini bırakıp hayatınıza, mesleğinize, kendinize, hobilerinize bakarsınız.

O noktaya vardıysanız bu verimli günlük programın tadını çıkarın.

3. **Gençlikte belirsizlikler ruhunuzu kemirir. Geleceğiniz meçhuldür.** Zengin mi olacaksınız fakir mi? Yalı mı alacaksınız sokaklara mı düşeceksiniz, kim bilir? Ne iş yapacaksınız? Nerede yaşayacaksınız? Başarılı mı olacaksınız loser mı? Ev? Araba? Evlilik? Çocuk? Karanlık bir tünelin en başındasınızdır! Ne çıkarsa bahtınıza. Dehşet verici!

Orta yaştaki daha net manzaranın, buraya kadar öyle böyle gelmiş olmanın, iyi kötü bir hikâyenin giriş ve gelişme bölümlerini bir yere kadar kurmuş olmanın tadını çıkarın.

ORTA YAŞIN FEVKALADELİKLERİ

Sayı verdik, 35-65 arası dedik filan ama aslında orta yaş matematiksel bir gerçek değildir. Bir zihin olgunluğu, bir "parçaların yerine oturmuşluğu"dur.

Arabalarda belli bir kilometre vardır hani, "Araba açıldı" derler, onun gibi. Yaşlılık dediğimiz sıkıntılar daha hiç yok gibi ve gençlik hezeyanlarını da geride bırakmışsınız. Kaymaklı ekmekkadayıfı.

Hâlâ mini etek giyebiliyorsunuz ama sürekli kaçamak aynaya bakıp yakıştı mı yakışmadı mı diye de dert etmiyorsunuz.

Hem bara gidebilecek durumdasınız hem de barda beğendiğiniz insan başkasıyla ilgilendiyse ağlayarak eve dönmüyor, bir şekilde eğleniyorsunuz.

Orta yaş, 20'lerin terapi görmüşüdür diyebiliriz!

Ve belli olmuyor. Kimisi 30'da geçiyor bu barışık kafaya, kimisi 40'ta hâlâ kendi kendiyle aynı odada oturamıyor.

SELFIE ÇUBUKLARI, YAKIN GÖZLÜKLERİ

Gelelim bazı daha az zevkli orta yaş belirtilerine:

– Cep telefonlarını iki elle göze yakın tutup başparmaklarla çok hızlı yazıyorsanız X veya Y kuşağından değilsiniz, daha gençsiniz ve demek ki belden aşağınız da sizden değil! Oysa hayatınızın zirve dönemine, orta yaşlılığa adım attıysanız telefonu elinize aldığınızda ister istemez şöyle gözünüzü kısıp, telefonu da tek kolunuzla uzağa doğru tutacaksınız. **Biz buna "kendinden selfie çubuğu" hareketi diyoruz!** Ne var ki? O kadar kafa rahatlığı için küçük bir bedel.

– **Bir yakın gözlüğü hayatınıza girecek! Girecek kardeşim, itiraz etmeyin.** Benim daha yeni oldu, 1 derece, ama oldu! Başucunuzdan, çalışma masanızın üstünden, çantanızdan size bakacak o gözlük. Kaybedeceksiniz, ikincisini alacaksınız, bir tane yedek yapacaksınız, bir adet de banyoda dursun yüzümü göreyim, göz makyajı şu bu diyeceksiniz. **Bir bakacaksınız dağ taş gözlük olmuş!** Ameliyat? "Tabii ama daha çok erken, 1-2 derece ne ki? Bekleyin 3-4 olsun, katarakt olsun, bir şey olsun" diyecekler.

Gözlüksüz olmuyor mu? İlaç şirketleri, lüks restoranlar ve kozmetikçiler aklını başına toplarsa olur!

Kardeşim 30-35 yaşından önce çok lüks restoranlara giden var mı? Üniversite kantini mi burası, büyük büyük yazsana şu mönüyü! Zaten ortam loş. Oturuyoruz masaya, mönüler geliyor, çıkıyor binbir model gözlük! Gözlük getirmemiş yanındakinden ödünç alanlar, mönüyü başkasına saydıranlar, herkesin derecesine göre birbirinin gözlüğünü denemesi, ortadaki mum ışığını kapışmaca, masada aç açına bir arbede!

Yazık değil mi insanlara? **Büyütün abi şu puntoları, bir mönü kartonu kaç para?** Falafel tabağından (yine hangi lobi arkasındaysa) 400 TL almayı biliyorsunuz!

Aynı şekilde kırışıklık kremleri. Yahu liseli mi kullanacak bunu? Kırışıklığı olanın gözü de bozulmaya başlamıştır, yazsana büyük büyük neremize süreceğiz!

Hele o ilaç endüstrisinin yatacak yeri yok! Prospektüsleri niye karınca duası gibi yapıyorlar? Hasta hasta insanı yatağından kaldırıp gözlük aratacaklar illa. Bence hastanın kendi okuyamasın da mecburen bir sağlık çalışanına gidip vizite ücreti versin diye bir komplo bu.

ŞU AN ORTA YAŞTA OLANLAR, ÖLMEYECEĞİZ FARKINDA MISINIZ?

Şimdi sadede geliyorum!

X'ler, Y'ler, belki boomer'ların en gençleri. Yani şu anki orta yaşlılar. Size sesleniyorum.

Nasıl bir aralığa denk geldik farkında mısınız?

Ballıyız oğlum ballı! Bir kere anne babalarımızdan da Z kuşağından da uzun yaşayacağız.

Gelişme çağında son gerçek organik sebzeleri biz yedik ve gençlerin sahip olduğu bütün tıbbi gelişmeler de elimizin altında.

Bizden öncekiler bu tıbbi imkânlara yetişemedi. Mesela babam çocukken penisilin bile yoktu, düşünün. E bizden sonrakiler de plastik ve cam yünüyle beslendi! Biz o altın döneme, yani organik ve ucuz elmanın da, laparoskopi ve Emar'ın da aynı anda olduğu araya denk geldik! Zirve biziz!

Biz şahane bir zaman bulduk dünyada. Savaş yok, cep telefonu var, gıda okey gibi, aşk heyecanlı, müzik kral!

Ayrıca adaptasyonsa adaptasyon, çevirmeli telefonu da biliyoruz, aplikasyonları da çözüyoruz. Yapay zekânın foyasını da yine biz ortaya çıkaracağız, bu Z'ler çok saf, ciddi söylüyorum bak.

Tipimiz de iyi ha. Önce bir yaşlanıyor gibi olduk, sonra durdu. Öyle kaldık. **Turşu gibiyiz. Bozulmuyoruz manasında!** Tarihte ilk kez 55 yaşındaki kadınlar hâlâ baş kadın oyuncu! Jennifer Aniston, Nicole Kidman, Sandra Bullock, Cate Blanchett şu bu. Hâlâ kozmetik kampanyalarında Julia Roberts, müzikte Jennifer Lopez. Aksiyon filmlerinde Tom Cruise, yuh artık 65 yaşındasın, yeter be adam!

Tekeliz biz. Koltuklara yapıştık. Kalkmıyoruz. "Gençlere yer açın" şu bu! Bu lafa da ne gıcık oluyorum. **Açmıyoruz kardeşim! O kadar iyilerse gelsinler kaldırsınlar bizi koltuklardan.** Öyle bir şey de yok bu arada. Herkes kendi koltuğuyla gelir oturur, ben öyle yapmıştım!

Bu ekip dayanıklı ekip.

Ömürler de uzadı mı sana!

Çok seviniyorum. Mecburen bize göre giysiler yapılacak, markalar bize göre evrilecek, yakın gözlüklerinde tasarım yarışı olacak! Mönüleri, prospektüsleri önünde sonunda 16 puntoyla yazdıracağız dur sen! 55 yaşında aşkı bulan, 60 yaşında ilk evliliğini yapan çiftlerin romantik komedileri, 75 yaşında yepyeni bir kariyere atılma hikâyeleri yazılacak. Uzun yıllar 90'lar 2000'ler partileri yapılacak, o dönemlerin müzikleri çalacak. Çünkü biz öyle seviyoruz! Şakaları makaları da yine biz yapacağız, en çok biz eğleneceğiz.

Daha 40-50 yıl da buradayız. **Vampir gibi takılacağız bu dünyada tamam mı?!**

Alın bu bilgiyi n'aparsanız yapın ve bizimle iyi geçinin!

Her şey mal mülk, her şey para pul!

Nerede oturacağız, o evi nasıl yaptıracağız, nasıl taşınacağız, etajer, konsol, dresuar ve şifonyer nedir, konut projelerinin satış teknikleri ve emlakla ilgili bilmek istediğiniz her şey!

Yakın zamanda İstanbul'da 20 yıldır oturduğum evden taşındım.

Çünkü bana rahat batar efenim!

Taşınmak, bir araştırmaya göre sevdiğiniz insanın ölümü ve boşanmadan sonra en büyük stres kaynağı! İşten ayrılma bile bu üçünden sonra, dördüncü sırada, uzun süreli hastalıklar ise beşinci sırada geliyormuş.

Bire bir yaşayıp teyit ettim!

Nişantaşı'ndaki evimden İstinye'ye taşındığımın ilk haftası, hayatıma "üveyit" girdi. "Üveyit" kulağa alatur-

ka ve pek görüşmediğin bir eniştenin ismi gibi gelse de akrabam değil, tatsız bir göz enflamasyonu. Sebebi çoğu zaman bulunamıyor. Stres tetikleyebilirmiş, ki bence aynen böyle oldu. (Tek tesellim üveyite genellikle genç insanlarda rastlanıyor oluşu. Bu yönü hoşuma gitti açıkçası. Seni küçük şeytan, hep mi benim gibi çıtırların peşindesin!?)

Aslında stres, taşınmanın da öncesinde, evin içini yaptırmakla başladı.

Benim bu yaşımdan sonra şifonyer, konsol, etajer ve dresuar arasındaki farkı öğrenmeme gerek var mıydı mesela? Komodin, büfe, vitrin, bunlara hâkimdim zaten, yeterdi.

Gecenin bir yarısı şöyle mesajlar atmama gerek var mıydı: "Duvar alçıpansa konstrüksiyona getirip monte ederlerse sorun çıkmazmış. Alçıpan değilse de ytong'dur. Sisal'ların bordürleri o güne kadar bitiyorsa, acilen oranın Ral'ine uygun bir mastik çekilsin bitsin, çok geciktik. Sineklikler için de hayalet tülden vazgeçelim. Runner'ları jozefin'le aynı kumaştan yapmak iyi fikir. Tabloların paspartusuna karar vermeden önce, o lambaderi berjerin yanına koyup Render'da bir bakalım. Fiber saksılar geldiyse starliçe, areka, yuka ve nandina hemen dikilebilir. Ve hayır, traverten şık görünüyor, üzerine şömentabla kullanmayacağım."

Yazar ne demektedir? Nece konuşmaktadır? Ne yapmak, nereye varmak istemektedir?

Yazar üç aydır ev yaptırmaktadır. İç mimari ve iç mimari terminolojisi içinde boğulduğundan diyalog

nedir, replik nedir, reji nedir, hatta kendisinin adı nedir, unutmak üzeredir!

Böylece hem ev yaptırıp ardından taşınma stresini, hem üveyit yüzünden uzun süreli hastalık stresini arka arkaya yaşamış oldum ve listedeki iki maddenin yanına tik attım!

Üveyitte birkaç hafta net görememe, feci bir göz ağrısı filan da oluyor ve ışığa, ekranlara bakamıyorsunuz. Bir kitap yazarken de haftalarca bilgisayara bakmanın yasak olması haliyle işleri aksatıyor. Böylece az kaldı listedeki "İşten ayrılma" maddesini de işaretleyip üçlemek üzereydim ki toparladım. Uzun bir süre o listeyle görüşmek istemiyorum!

Beğeneyim beğenmeyeyim artık sonsuza kadar bu yeni evde oturacağım. Bir daha ev yaptırıp taşınamam zira, tövbe!

Oturduğunuz evin, eşyaların, bu konudaki bir değişikliğin hayatta böyle önemli olması tuhaf. Ama işte barınma bir temel ihtiyaç ve nerede, nasıl bir evde, kaça barındığınız hayatınızda neredeyse her gün bir cümlenin içinde geçiyor.

DÜNYADA MEKÂN!

Emlak piyasası ilgi alanlarımdan biridir. Çünkü hem mizah malzemesi açısından bir memba ve hem herkesin hayatının bir parçası! **Arada emlak ilanlarından asla almayacağı evlere bakanlar aramızda mı?** Sizi hayalperestler sizi!

Bu ülkede son yıllarda ekonomik sistemimiz var olan bazı binaları yıkıp yenilerini yapmak, başka binalar yapmak için arazi yaratmak, eldeki binaları satıp farklı binalar almak veya ileride çok bina yapılacağı öngörülen köy ve kasabalardan arsa bulmaya çalışmak üzerine kurulu! Ekonominin lokomotifi dağ taş ve beton.

Bu konulara girmeyip kiralık ev arayanları ya da evini kiraladığı insanla zam konusunda saç saça baş başa giren ev sahiplerini de katarsak, 80 milyonun hemen hepsi bir yönüyle konut sektörüne göbekten bağlı. Mizahçı nasıl es geçebilir ki? (İnşaat sektörünü çıkarırsan ekonomiyi yönlendiren bir de coin'ciler ve borsa spekülatörleri var. Şahsen bir şey üreterek para kazandığım için bazen kendimi çok eksantrik hissediyorum!)

Gözlerde büyütüldüğüm konulardan biri de ekonomik imkânlarımdır. Emlak danışmanları da konut projeleri de hep boş bir ümitle peşimdedir! Yani elbette durumum iyi ve lütfen bana zarf içinde para göndermeyin! Ama yazarak para kazanan ve bunun yüzde kırkını devlete vergi olarak veren biri asla arsa, beton veya karanlık işler sayesinde zengin olanlar gibi servet yapamaz. (Anca vergi rekortmeni olur, ki evet, öyle, teşekkürler!)

Ama her konuda abartıldığım gibi burada da adım çıkmış dokuza, inmiyor sekize.

Beş-altı yıl önce bir inşaat projesinin satış ofisine gittim. Eski bir arkadaşımın eski eşi beni gördü ve bakın uydurmuyorum, şöyle dedi: **"Kaç tane aldın?"**

Dedim, "Beş peynirli, beş kıymalı!"

Poğaça mı alıyoruz arkadaş? Nasıl "kaç tane aldın?"

Kendisi de inşaatçı olduğu için o esnada satış ofisine tam da pastane muamelesi yapıyordu zira: **"Dört stüdyo daire koy, çocuklar istiyordu, 2+1'ler de güzelmiş, tazelerinden üç tane alalım, bir de oradan büyük bahçe dubleksi ver, hanım sever!"**

7 UYURLAR DONDURMA PEŞİNDE

Ekonomi okumama rağmen son yıllardaki enflasyonda bende ipin ucu kaçtı. **Hiçbir şeyin fiyatını anlamıyorum!** Pahalı mı ucuz mu karar veremiyorum. Film koptu.

Geçtiğimiz yaz Yalıkavak Marina'da yeğenlerim dondurma istedi. Önünde kuyruk olan bir dondurmacıya gittik. Onlar iki kişi birer külah dondurma aldı. Ben de adama 200 lira uzattım. **Dondurmacı bana baktı.**

Çok tuhaf baktı ama! Böyle gözünü kısa kısa.

Bana baktı, sonra paraya baktı. Dedi ki, "200 lira?" Dedim, "Evet, bozuk yok mu?"

Dondurmacı daha da garip baktı. Kafası karışmış gibi böyle, dedi ki: "Dondurma 115 lira." Hemen cüzdanıma davrandım. Demek ki iki külah 230 tutmuştu, 30 lira borcumuz vardı. Bir 200 lira daha verdim

Dondurmacı yine baktı ve bir daha aynı soruyu sordu: "200 lira?"

Allah Allaah! İki tane 200, 400 verdik işte kardeşim. Aynı cümleyi bir daha kurdum:

"Evet, bozuk yok mu?"

Böylece deminki diyaloğumuzu tekrar etmiş olduk!

Dondurmacı içini çekip şöyle dedi: "Dondurmanın topu 115 lira!"

Yeğenler çikolata-kaymak-çilek her neyse üçer top almış, ki normal, zaten külah o demek. 345 TL tutmuş dondurmanın külahı ve benim 690 lira borcum varmış!

Çok salak hissettim! Aynı zamanda da fakir hissettim! Ki ikisi de pek sık olmaz.

7 Uyurlar'ın hikâyesini duymuşsunuzdur. Hikâyeye göre 7 kişi puta tapanlardan kaçmak için bir mağaraya sığınıyor ve orada 300 yıl uyuyorlar. Sonra bir gün uyanıyorlar. Efsane bu ya, acıkmışlar, ama 300 yıl geçtiğinin farkında değiller. İçlerinden birini kasabaya ekmek almaya gönderiyorlar. Giden, fırına giriyor, fırıncıdan ekmek istiyor ve para uzatıyor. **Fırıncı bir paraya bakıyor, bir parayı uzatana. Bir duruyor. Ve onun yüzyıllardır hikâyesi anlatılan 7 Uyurlar'dan biri olduğunu, uzattığı paradan anlıyor!**

Ben 300 yıl uyumamışım ama son bir yıldır dondurma almamışım. 7 Uyurlar gibi uzatıyorum 200 lira, iki külah dondurma almaya çalışıyorum. Hem de Yalıkavak Marina'dan! **Şuursuz seni!**

Dondurmacı da aynı fırıncının 7 Uyurlar'ın ekmek almaya gidenine baktığı gibi bakıyor! Haklı. (Not: Kitap yazılırken, yani olaydan dokuz ay sonra dondurmanın topu 200 TL olmuş! Yani şu an iki külah alsak 1200 lira ödemem gerekir. Anlaşılıyor ki TÜİK veya ENAG değil, Yalıkavak Marina ölçümlerine göre yıllık enflasyon yüzde 100 civarında! Yine anlaşılıyor ki bu yaz o dondurmacıya bir sırt çantası dolu parayla gideceğim.)

ÖNCE BİRAZ BİZANS'TAN BAHSEDELİM Mİ?

Bu yeni taşındığım evi ararken İstanbul'da da konut projelerinin satış ofislerine gittiğim oldu.

Satış ofisine gittiğinizde mecburi seyrettirdikleri bir müşteriyi etkileme videosu var! Projenin tanıtımı. TV reklamlarında da çıkıyor bazısı, bildiniz mi?

Fonda tempolu müzik eşliğinde İstanbul'dan bazı çok güzel görüntüler. Boğaz, köprü, Ayasofya, Kapalıçarşı, Yerebatan Sarnıcı. Bizans'tan başlıyor anlatmaya fondaki ses! "Tarih boyunca, dünya şehirlerinin enn bilmemnesi olan İstanbulll..."

– Kardeşim kaç odalı bu evler?

– Yoo söyleyemeyiz, önce biraz Bizans'tan bahsedelim! Oradan da Osmanlı'ya geçeceğiz, yavaş yavaş!

"İstanbull medeniyetlerin beşiği olmuşş, sanattan ticaretee..."

Doğma büyüme İstanbulluyum, zaten İstanbul'da ev arıyorum, niye bana İstanbul'u satıyorsun acaba ya? Ben beğeniyorum zaten burayı.

Sonra görüntüler değişiyor, şık insanlar kafelerde oturuyor, topuklu ayakkabılı kadınlar Gucci'ye giriyor, torbalarla Louis Vuitton'dan çıkıyor filan.

Bu sattığınız evin binasına Gucci mi açılacak? Yoo. Sitede bu markaların bulunduğu alışveriş merkezi mi olacak? Hayır. E ne? Ayrıca bu görüntüler de tanıdık, Abdi İpekçi Caddesi, yani Nişantaşı gibi?

"Efendim evet öyle zaten, projemiz Nişantaşı'na sadece 45 dakika!"

Ha onu anlatmak istediniiz! "Evden Nişantaşı'na aynı gün ulaşabilirsiniz"i ima etmeye çalıştınız videoda. Daha açık konuşan festival filmleri seyretmişliğim var!

Bir de bahsettiğiniz mahalleden Nişantaşı'na nasıl 45 dakikada gidiyoruz?

"Metroyla 45 dakika tabii. Arabayla iki saatte gidemezsiniz!"

Müthiş!

Sonra hayatında hiç duymadığın bir mahalle ismi veya konum tanımı yapılıyor. Burada hassas nokta, evin İstanbul'un neresine düştüğünün asla anlaşılmaması. "Padişahların avlandığı yerde, tarihin göbeğinde, sultanların hamamlarının yanı başında, Kalfaköy'e komşu!" Neresi burası? Sultanların hamamı, Sultanhamam mı? Eminönü civarı mı yani? Yoo tee Çatalca'nın oralarda bir yerler!

Padişah bu sonuçta, canının çektiği yerde attan inip, "Ben avlanıyorum" deyip avlanmış. Ülke adamın! Ve tabii ki terleyip yıkanacağı için, bir dahaki sefere lazım olur diye oraya hamam da yapılmış. Ama Çatalca kulağa pek şehir gibi gelmediği için dolaylı ve edebi bir anlatım kullanıyor inşaat sektörü.

"Aydos Kalesi'nin yanı başında bir cennet" deniyor mesela! **"Kaleyse İstanbul'un kıyılarında bir yerdedir, Sarıyer'e yakındır veya güneydeyse Adalar manzarası olabilir" filan diye umutlanmayın ha, bildiğiniz Sultanbeyli!**

Zaten emlak projesi çok merkezi bir semtte olsa, laf kalabalığına gerek yok. Diyecek ki mesela "Nişantaşı'nda lüks bina", "Beşiktaş'ta butik site." Bitti. Ya da gerçekten tarihi bir semt olsa o da kolay. Fatih, Emirgân filan, ne rahat. Oranın tarihiyle, köşküyle, çeşmesiyle başla videoya.

Bunların hiçbiri olmayınca önce 15 dakika İstanbul'u dinliyoruz, gözlerimiz kapalı!

Uzun özgeçmişi olan yemekleri yemem demiştim hatırladınız mı? Onun gibi. Uzun tasviri duyunca kaçacaksın. Her sektörde kısa iyidir, markadır: İskender. İçliköfte. Tarkan. Ajda. Nişantaşı. Emirgân. Bitti.

BURAYA GELSENİZE KUŞLAR FİLAN ÇOK İYİ!

Bazen gerçekten İstanbul olduğu iddia edilen ama bildiğiniz şehir dışında konut projeleri oluyor. Öncelikle merkeze uzak oturmayı sevmiyorum. Benlik değil. Barbaros Bulvarı'nda doğdum, Etiler'de büyüdüm. Trafik gürültüsü duymayınca uyuyamıyorum! İstinye bile uzak gibi geldi bana önce, ki çok saçma. Yeni alışıyorum.

Oysa bir tayfa var ki, şehir dışına taşınmış, öve öve bitiremiyorlar. Sabah kuş cıvıltılarını anlatıyorlar, ağaçları anlatıyorlar, hava kalitesinden dem vuruyorlar, en sonunda da pandemiyi ne kadar rahat geçirdik diye final yapıyorlar. Sonra adeta oradaki konut projesiyle ortaklarmış gibi bir ısrar faslı geliyor. **"Siz de buraya gelin, Allah aşkına gelin, bayılacaksınız, çok güzel, gelin de gelin!"**

Saf mıyım ben?

Can yoldaşı arıyorsunuz, anlamıyor muyum? Yalnızlıktan gözünüzün feri sönmüş! Gelin de iki çift laf edecek birileri olsun diye dil döküyorsunuz.

Bir çocuk yapanlar böyle bir de şehir dışına taşınanlar. "Hadi siz de yaa, çok güzel bir şey!" Ben yandım siz de yanın diyorlar aslında.

LOKASYONU BOŞ VERİN, KAROLARI GÖRDÜNÜZ MÜ?

Özellikle böyle şehir dışı konut projelerinde evin iç malzemesi çok anlatılıyor.

Diyorsun ki **"Burası İstanbul il sınırları içinde mi? Bir de iki katlı villa dediniz de alt kat bildiğin bodrum?"**

– Onu bırakın da yer karoları nasıl? Ha? Fark ettiniz mi, karolar 150 santime 150 santim!

– ...Yani?

– Yani Gülse Hanım bu salonun taşları tek parça 150'ye 150. Mükemmel bir özellik değil mi?

– İyi ki söylediniz çünkü ben mesela 50'ye 50 bir karoda asla oturamam! Yapamam. Gözüme uyku girmez o evde.

Akıllı ev diyorlar sürekli bir de. Otomasyon var demek o. Yani işte küçük bir ekrana dokunarak ışık açıyorsun, perde açıyorsun filan.

Aklınızla bin yaşayın! Çünkü şu işaretparmağını uzatıp düğmeye basarak ışığı açmak yıllarca beni çok yordu!

Ya ben bir perdeyi kendim açamayacak kadar elimi kolumu kaldıramayacak hale mi geldim? Ne oldu ki bana? (Bu arada olabilir de bir yerde, çünkü her gün işyerinden bu kasabaya iki buçuk saat araba kullandığım için artık perde merde açmaya takatim kalmamıştır belki!)

"Akıllı ev" perdeyi, ışığı dokunmatik ekranla açmaksa, yıllarca o Ar-Ge'ler, kod yazmalar filan bunun için yapıldıysa, yazıklar olsun!

Akıllı ev benim gözümde kendi kendini temizleyip toplayabilen evdir. Tatilden dönüşte, uygulamaya girip eve kendini temizletip, kendi perdesini yıkatıp ütületip geri astırabiliyorsam, balkonlarını kendi süpürebiliyorsa, o akıllı evdir. Ona para veririm işte.

EV HALİ EVRENSEL BİR KONSEPTTİR!

Evin içine çok para gidiyor sevgili okuyucular. Bir süre, **"Sıradaki reklamımı marangozum için çekiyorum, sıradaki sahne performansımı elektrikçime ithaf ediyorum"** diye dolaştım! Ve ben "Ayağı yere basan yerli malzemeci"yimdir bu işlerde, yani karo boyu hiç umurumda olmamıştır!

Ama neler var piyasada. 10 bin euro'ya masa üstü aydınlatma var! Tasarım koltuk var 12 bin euro'ya, bir kişi oturabiliyor sadece! Çok istesen sadece perdelere Üsküdar'da 3+1 daire parası harcayabilirsin.

Ama ne yani? **Sonuçta o havalı, 150'ye 150 karolarla döşeli evde bamya pilav yiyip "Kızılcık Şerbeti" izlemeyecek misin?**

E evet? 12 bin euro'luk koltuğa oturacaksın, koyacaksın kucağına tepsini. Televizyonun karşısında yiyeceksin. **Hatta tepsi bile zor gelecek, yerinden kalkmamak için bamya-pilav-yoğurtla büyük çukur tabağa "bowl" yapacaksın, öyle oturacaksın o tasarım koltuğa, bilmiyor muyuz ya!**

(Ki zaten evde tek başınayken full sofra kurup, TV açmadan yemek masasında duvara bakarak yemek yiyen, cindir!)

Kocan da yayılacak ilk örneği New York'taki Modern Sanatlar Müzesi'nde bulunan 30 bin euro'luk İtalyan kanepeye. Eşofman kumaşından bermudasıyla, çerez yiyip maç seyredecek! **Ne? Smokiniyle golf mü seyredecek? Şekil yapmayın bana, en şekilli benim, bilmiyor muyum?**

Bir de salona televizyon koymama "kovalaklığı" var son yıllarda.

Kovalaklık babamın lafıdır. Yani gereksiz gösteriş, hak etmediği bir hava atma durumu.

Televizyon koymuyormuş! Ay sen kimsin acaba ya? **Sanırsın bütün gece viyolonsel çalıyor, kitap okuyor. Telefondan dizi izliyorsun kardeşim! Dayanamamış projeksiyon almışsın, TV koymadım demek için, sırf inadından. Duvara yansıtıyorsun filmleri. Duvarına da en euro'yla olanından pütürlü boya yaptırmışsın, filmde oynayan herkesin suratı çiçek bozuğu!** Ne anladık şimdi?

Tabii herkes imkânına göre eş dost çağırır, davet verir, şık şık giyinir, yerine göre kristal bardaklarda pahalı ikram yapar evinde. Ama yılda kaç kere olur bu?

Ev dediğin kanepe, TV ve eşofmandır!

Madonna için de budur Rihanna için de. Prens Charles için de budur Putin için de. Ev hali evrenseldir. Sınıf mınıf tanımaz!

2500 metrekare, 17 odalı evin de olsa, büyülenmiş gibi dönüp dolaşıp TV'nin ve rahat kanepenin bulunduğu odada geçireceksin zamanını. Dekorasyonunu ona göre yap.

Ama mümkünse hiç dekorasyon yapma ve taşınma! Hele komşularından da memnunsan. Otur oturduğun yerde.

Şimdi biraz iyi komşu nasıl bulunur onu anlatacağım.

Seri katil komşulardan kaçmanın yolları!

Taşınırken bir evi inceler, didikler, her şeyini sorarsınız. Ama komşu bir tombaladır. Komşu karanlıkta koşmaktır. Komşu bazen kumar bile değil, Rus ruletidir!

Bu konunun filmini yapmış insanım! *Yılbaşı Gecesi* pandemi sırasında havalı bir sitede tanımadıkları komşularını ani bir kararla evlerindeki partiye çağıran ve başına gelmedik kalmayan masum bir ailenin hikâyesiydi!

Pandeminin ilk kışını Bodrum'da, güzel bir sitede ev kiralayıp geçirdik.

Yılbaşı gecesi ne yapsak diye düşünürken (haydi isim vermeden anlatayım) kaldığımız sitede, tanıdığımız, az çok sohbetimiz olan bir pop müzik sanatçısının da evinin olduğunu, kendisinin de orada kaldığını öğrendik. Başka bir villa ise çok önemli, dev bir Türk sanat müziği yıldızımız tarafından kiralanmıştı, o da oradaydı. Sonra bir haber daha geldi. Aynı sitede bir assolistimizin daha evi vardı ve o da yılbaşını sitede geçirecekti!

Bir sürü "Sanatçılar Sitesi" isimli site var biliyorsunuz. Ama benim hayalimde Sanatçılar Sitesi aslında böyle bir yer olmalı! Bir pop, iki Türk sanat müziği starı, beni de komik olarak ekle, bir de oryantal olsa, 70'lerin en parlak gazino kadrosu gibi bir şeyi kurdun bitti!

Bodrum'da aynı dönemde pandemiden kaçan gazeteci arkadaşlarımız, başka ahbaplarımız da vardı. Yandaki yöredeki bir-iki evde oturan tatlı görünümlü komşularla da yürüyüş yaparken filan selamlaşmaya, sohbete başlamıştık.

O esnada şu fikir çok parlak geldi: **"Yahu biz herkesi davet edelim, gazeteciler, sanatçılar, selamlaştığımız komşular, 10-12 kişi, bu pandemi yılbaşısını neşeli geçiririz. Bütün gece kalmak istemeyen de bir bardak bir şey içmeye uğrar, ne var?!"**

Sonuçta işim hayal kurmak. Diyorum ki, herkes birbirini gıyaben tanıyor, gazeteciler zaten sohbet açmakta, herkesle iletişim kurmakta iyidir, oldu bu iş. **Ne güzel belki de bir kaynaşılır, şarkılar türküler, müzik ziyafeti olur, şakalar gırla gider, unutulmaz bir yılbaşı yaşarız.**

Arkadaşlarımızla konuştuk, sevinçle kabul ettiler.

Tam sitedeki starlarımızı da çağırmak üzereydim ki sokağa çıkma yasağı duyuruldu! Bodrum'da bizim siteye uzak Türkbükü'nde, Yalıçiftlik'te, Bitez'de kalan arkadaşlarımızın hiçbiri gelemeyecekti, çok sıkı jandarma kontrolü bekleniyordu. **O esnada sitemizdeki iki starın birbirleriyle kanlı bıçaklı küs olduğunu da öğrendik! Parti yattı haliyle.**

Ama düşünmeden edemedim.

O iki star, ya diğerinin orada olacağından habersiz gelip partide birbirine girseydi mesela!

Sadece selamlaştığımız site komşularımızdan biri aniden belinden silah çıkarsa, ortalık karışsaydı! Adam meğer mafyaymış, biz ne bilelim. Gazetecilerden biri yıllar önce haberini yapmış mesela, ona garezi varmış.

Parti böyle felaket bir geceye dönüşebilir miydi? Bittabi.

Yapamadığım partinin, hayalimde canlanan karanlık halini komediye çevirip film yaptım!

Ve dikkat ederseniz işi trajedi veya korku-gerilim türüne sokmamak için filmdeki kriminal komşuları bile çok tatlı resmetmeye çalıştım.

POLİSİYE, KORKU, GERİLİM AYAĞINIZA GELDİ!

Film dijital platformda gösterime girerken, İstanbul'un nezih, sosyetik, filmdekine benzer "doğayla iç içe" bir sitesinde başka olaylar yaşanıyordu. **Villalardan birinin bahçesine gömülmüş bir ceset çıkarılıyordu polis tarafından!**

Allah taksiratını affetsin, bir Balkan ülkesinin vatandaşı ve dünya çapında bir suç örgütü lideriymiş. Kendisini giyim sektöründe bir iş adamı olarak lanse etmiş. Siteden arkadaşlar yapmış, o elit kesimde bir çevre edinmiş. (Allah bilir partilere de gitmiştir.) Ve bir gün daha da büyük bir suç örgütü lideri tarafından infaz edilip villasının bahçesine gömülmüş!

Onu öldüren daha da büyük suç örgütü lideri de yabancıymış ve Levent'in girişinde lüks bir rezidansta oturuyormuş!

Siz hayat boyu düzgün düzgün okullarınızı bitirip, çalışıp, vergi verip, kazandığınızla süper bir ev almış, çocuklarınızla mutlu mesut oturuyor olabilirsiniz. Kırmızı ışıkta bile geçmemiş olabilirsiniz. Komşunuz ise bir seri katil, uluslararası bir suç makinesi olabilir!

Siz gece benim peygamber kılıcım kurudu mu, su versem mi diye bakmaya çıktığınızda, yan bahçenizde, tövbe estağfurullah, kılıçla kafa kesiliyor, ceset gömülüyor olabilir!

Özellikle bu zamanda, Türkiye'nin büyük şehirlerinde, alt katta filan kırmızı bültenle aranan uluslararası bir uyuşturucu lordunun olmaması, ünlü bir tetikçinin günaşırı adam kesip bahçeye gömmemesi, komşuluk açısından şanslı hissetmeniz için yeterli!

KOMŞUNUN DIRDIRCISI MAKBULDÜR!

Mesela seri katillerin hepsinin komşuları der ki "Valla iyi, sessiz sakin bir insan gibiydi." Bundan ders almak lazım!

Her ne kadar suç örgütü liderlerinden bazıları gayet sosyal bir profil çizmiş olsa da demek ki etliye sütlüye karışmayan, çıtı çıkmayan, ne yaptığı bilinmeyen komşu sakat.

Ben her şeye karışan, soran, dırdırlanan, kartları açık oynayan komşu seviyorum!

Soracaksın bir binaya taşınmadan önce, "Parti yapıp müzik çalsak rahatsız olan olur mu?" diyeceksin mesela.

"Evet alt katta emekli albay bir bey var, gürültü olunca hemen polis çağırıyor. Yan dairenizdeki öğretmen hanım hep delikten gözetler kim girdi çıktı diye, çok meraklıdır. Giriş katındaki emekli amca ise bütün gün camda oturur, her şeyi sorar" filan diyorlarsa, mükemmel!

İşte istediğim ekip bu!

O binada beni kesseler, dur bak kesmeye filan gelme, sadece kafası iyi biri kendi evi diye yanlışlıkla kapımı bile zorlasa, en az üç şahit var! İkisi görecek, biri duyup polis çağıracak! Hemen ifadeler, saat kaçta girdi kaçta çıktı, bilgiler, robot resim, hoop, ensesinden yakalayacaklar suçluyu.

O binada kameraya, alarma bile gerek yok. Kim bahçeye ceset gömebilir? Bahçeden incir bile çalamaz.

Böyle seçeceksin komşularını. İstanbul güvenli bir şehir değil artık, bunlar önemli.

Meraklı komşu iyidir. Bir kişi de bir katil için, bir sapık için desin ki "Evet tanıyorum, müzik çaldık polis çağırdı, kocamla kavga ederken kapıyı dinleyip bütün apartmana dedikodumu yaptı, çöpü geç saatte koydum diye yöneticiye şikâyet etti!" Böyle bir uyuşturucu baronu var mı? Yok.

Zeytinyağlı sarma gönderdiği tabağına hazır kek koyup geri yolladığımı mahalleye anlatıp beni rezil eden biri katil olabilir mi Allah aşkına?

Çöp koyma saatlerine, kapı önü paspaslarının bir örnek olması gerektiğine takmış, balkondan halı silkeleyene para cezası getirilmesini teklif eden, apartman temizlik ve estetiğini bu kadar önceleyen biri şiddet kullanabilir mi? Cinayet ne kadar etrafı pisleten, dağıtan bir iş, görmüyor musunuz filmlerde? "Breaking Bad" de mi izlemediniz?

Komşularını bu anlattığım kriterlerle seçeceksin!

Bir tane de doktor olacak mesela. Öff müthiş. Doktor komşuya arada el işi çörek börek yolla, çiçek yolla, bayramda çikolata yolla. Gripte, nezlede, bacak ağrısında kapıdan uğrayıp soruverirsin. Sağlık sigortasına bile gerek kalmaz.

Âlemci komşu da süperdir bak. Çalsın oynasın sabaha kadar. "İçip içip şarkı söyleyip âlem yapıyorlar..." E yapsınlar. **Müzeyyen dinleyip duygulanan bir akşamcı, tarama almak için Kurtuluş'a, iyi çiroz için Beyoğlu'na gitmiş bir meze gurmesi suç işleyebilir mi ya?**

O zaman, ideal daireleri sayıyorum:

1. Doktorcuğumlar.
2. Emekli asker beyler.
3. Akşamcı, mezeci rakıcı Müzeyyen'ci çift.
4. Meraklı dikizci hanım ve ailesi.
5. Giriş katında hep camda oturan amcagil.

Bir de becerikli bir apartman görevlisi.

İşte hayalimdeki bina bu! Bu eve talibim.

Şehir merkezinde bildiğiniz satılık böyle bir yer varsa ve tekrar taşınmayı göze alırsam, karo boyutlarına filan bakmadan hemen alırım!

Tabiatla fazla samimiyet sakat iştir!

Doğayı o kadar seviyor muyuz gerçekten? Bunu bir tekrar düşünelim mi? Mesela şehir hayatı bu kadar kötü, köy hayatı da mükemmel bir şeyse, niye dünya insanlarının çoğu şehirlerde yaşıyor?

Son yıllarda doğa bir tuhaf, dengesiz.

Tabii ki temelde yakıp yıkıp küresel ısınmaya yol açanların suçudur.

Ama durduk yerde ağaçlara sarılanların, hamam böceklerine ilaç sıkmaktan imtina edenlerin de katkısı var bence! Bakın kendimi doğanın yerine koyuyorum, ne alanıma girilip küfür kıyamet talan edilmeyi, ne de aşırı samimi olunup ikide bir sarılıp öpülmeyi isterim şahsen!

Bendeniz tabiatla, börtü böcekle ilişkiyi hep belli bir mesafede tutmuşumdur. Saygı duyarım ama çok yüz göz de olmam.

Dediğim gibi, doğa agresifleşti. Tavrını, imajını değiştirdi.

Sağı solu belli olmuyor. Yeni taşındığım ev teraslı olduğu için tabiatın bu halini daha net müşahede ediyorum. Güneşli bir gün aniden gökyüzünden küp küp viski buzları yağmaya başlıyor mesela. Veya kışın ortasında hava 26 dereceyi bir vuruyor, kazakla kan ter içinde kalıyorsun. Beş dakika sonra veriyor yağmuru, veriyor coşkuyu, şehri sel alıyor.

Eskiden doğa Ayşecik gibiydi hani. "Yapmiyin, bana vurmiyin, lütfenn" diyor gibiydi. **Şefkatli ve cefakâr Tabiat Ana'ydı.**

Şimdi Tatar Ramazan! Bayağı boynumuza bıçak dayıyor. İşine gelirse diyor. Belinde silahı, çorabının içinde sustalısı var. "Hepinizin aklını alırım" diye tehdit ediyor.

Ben tabiata bakış olarak, ağaç kesene şirretleşir, karasinek, hamamböceği öldürene hiç ses etmem. **Makul tavır, bizim türümüze yakışan yaklaşım budur.**

Şahsen kedi köpek, kuş, arı, bunları severim. Hatta hayvan toleransımın örümceğe kadar yolu vardır. Bakın fareden korkup çığlık atan kadınlardan bile değilimdir. Dünyanın en çirkin hayvanı olmadığını düşünürüm. Ha bir kedi de değildir. Öte yandan kedinin de sadece eşsiz güzelliği yüzünden her konuda sonsuz kredisinin olması adaletli midir?

Bunu biraz konuşalım mı?

Kedi tekinsiz hayvandır. En minnoş kedi bile biraz psikopattır biliyorsunuz.

Bugünkü bildiğimiz kediler M.Ö. 8000'de, Orta Doğu'da Afrika yabankedisi soyundan türemiş.

Bu kesin doğru bilgi, çünkü kedi, karakter olarak tam bir Orta Doğuludur!

Keyfine düşkündür, her fırsatta yayılıp yatar. Ama hiç beklemediğin anda da üzerine bir enerji gelir, hayata saldırıp ekmeğini çıkarır. İşine geldiğinde sana yapışır, sıcacık tavırlarla kankan gibi davranır, çıkarı bittiğinde tanımazdan gelir. **Gevşek gevşek dururken aniden etrafta hayali düşmanlar yaratıp onlara saldırır! Bu bir Orta Doğulu değil de nedir?** Norveçli olabilir mi? Asla.

Bu sağı solu belli olmayan tavırlar, ani saldırmalar filan mesela kaplumbağada olsa ödümüz kopardı! Toplu itlaf peşine düşerdik. Niye? Kaplumbağa güzel değildir! Vücut olumlamayla filan bir yere gelecek gibi de değildir, kurtarmaz. O ancak karakteriyle sempati toplayabilir. Kendi halinde, sessiz, ezik, yumuşak başlıdır. Merhamet uyandırır. **Kendi üstüne evi olan (her anlamda), çok yavaş yürüyen, uysal, vegan bir emeklidir o ya! Ondan ne zarar gelecek?**

Farelere de tam "güzel" diyemeyiz pekâlâ. **Bir Bella Hadid değildir fare. Kedi Bella Hadid'dir. Ama fare de kanımca daha çok avantgarde markaların çalıştığı yeni haute couture defilesi mankenleri gibidir: Klasik güzel asla değil ama bir enteresanlığı, tatlı, çocuksu bir havası da var!** Birkaç "küçük dokunuş"la, yani minik bir botoks ve dolguyla hemen öpüp seveceğiniz tatlı bir ev hayvanına dönüşebilir. Bakınız hamster!

Onlar hakkında bu olumlu düşüncelerim fareler âleminde duyulmuş olmalı.

Bildiğiniz gibi evcil havyanlar derhal onu seven insanı anlayıp onun peşine takılır. Ki her ortamda bu kişi genellikle ben olurum. Kedi mıknatısıyım. Fareli Köyün Kavalcısı gibi sokaklarda peşimde beş-altı kediyle dolaştığım çok olmuştur.

Ama benzer hikâyelerin başıma farelerle geleceğini tahmin ve açıkçası arzu etmezdim!

STEP DANSÇI MI BAŞKA BİR ŞEY Mİ?

Doğal hayata en yaklaştığım zamanlar yaz tatillerinde Bodrum'a, Çeşme'ye filan gittiğim aylardır. Kamp yapan, dağa tırmanan insanlardan değilim.

Buna rağmen doğa peşimi bırakmıyor!

Birkaç yıl önce, yazın ortası, iş için İstanbul'a gelip, geri Bodrum'a döndüm.

O kadar inşaat projesine rağmen tabiat direniyor: Kertenkeleler, arılar, çekirgeler, yusufçuklar, örümcekler... Arılar dışında hiçbirine derin bir aşk hissetmiyorum, ama zararsız olduklarından, mecburen saygılı davrandığımız mahlukat. Ne var ki, içinde bulunduğum hayvanlar âlemi bu çeşitlerle kalmadı. Evin, içinde banyosu da bulunan 'Ebeveyn Yatak Odası'nda, kimsenin ebeveyni olmadığım halde uyumak üzereyken, gece bir sularında canhıraş bir kedi miyavlamasıyla hopladım!

Öncelikle şunu belirtmeliyim: Gece 1 suları, henüz yatmış olduğum saatlerdir, o anlarda uykum tavşan uykusudur. Ve mesela tavşan, çok güzel bir kemirgendir. Gigi Hadid'dir bak tavşan da. Kemirgenlere az sonra döneceğiz.

Bu 'kafayı yemiş kedi' miyavlamasıyla uyandıktan birkaç dakika sonra ayak sesleri duydum! **Çat... çat... çat...** Sanki biri, ayaklarının ucuna basarak, tahta merdivenlerden çıkıyor. Ama step dans ayakkabıları da giymiş gibi biraz!

Ek gelir olarak gece kulüplerinde step dans yapan bir hırsız? Bilmiyorum. New York'ta olsak belki.

Ama herhangi bir hırsızı hayatta en çok korkutan şeyin, girdiği evde ışıkların açılması ve "Remzii, ağabeyinle dayını da uyandır, tıkırtı var, ama kediyse tüfekle vurmayın, çok pislik oluyor" şeklinde bir seslenme olduğunu bir yerlerde okuduğumdan, tanımadığım bir Remzi'ye seslenmek üzereydim ki, gece lambasının ışığında ayağımın dibinden bir karaltının geçtiğini gördüm!

Her ne kadar o an yatak odasında kendimden başka bir canlı bulunmasını tercih etmesem de bütün gün yüzmüş olmanın verdiği rehavet ve saati de göz önüne alarak, "Boş ver şimdi" diye düşündüm, "kertenkele şu bu avının sırası değil, yat uyu." Ne var ki yatağa hamle yapmamla birlikte, kertenkeleden çoook daha büyük bir canlının, 'çat çat' şeklinde tarif edebileceğim, pençelerin ahşap zeminde çıkardığı ses eşliğinde kaçması, dikkatimi çekti!

KEDİ DEĞİL, STEP DANSÇI HİÇ DEĞİL!

Saniyenin yüzde biri kadar bir zamanda şunu düşündüm: Ya dışarıda miyavladığını sandığım kedi, yatağın altında ve bu büyükçe bir yavru kedi, ki öyleyse başımın üstünde yeri var. Ama eğer kedi değilse, bu dışarıdaki kedi miyavlamasından korkmuş, belki ondan kaçıp banyonun vasistasından içeri girmiş... ve kedi kadar büyük... ve pençeli bir... Yoooo!

Yatak odasını sadece bir adımla geçip, çıkıp dışarıdan kapıyı kapatmam, ölçülemeyecek kadar kısa bir zaman biriminde oldu!

Hayır bakın fındık fareleriyle dizilerde bile oynadım ben. **Ancak odadaki misafir artık fare bile denemeyecek, alttan alınamayacak boyutlarda!** Kedilerin arkasını dönüp kaçtığı türlerden.

Gecenin körü. Üstümde pijamalar. Allah'tan odada değil alt katta bırakmış olduğum çantamı alıp, boş otel aramaya başladım. **Çünkü düşündüm ki uyurken kulağımın ya da burnumun bir bölümünün yenmesi oyunculuk kariyerimdeki rollerin çerçevesini çok daraltacak!**

Yazın ortası, hafta sonu. Oteller full. Sadece eve birkaç kilometre uzakta, yepyeni bir lüks otelde oda var. "Gülse Hanım biz resmi açılışı yapmadık aslında ama buyurun bekliyoruz, mutlu oluruz" filan dediler. Mutlu olmasalar ne olacak, çare yok, atlayıp gittim.

Unutmuş olabilirsiniz, yine gözünüzde büyütmeyin ama ben bayağı ünlüyüm. Onun için kalabalık içine çıkarken üstüme başıma, ağzıma yüzüme, asgari bir çekidüzen vermeye çalışırım.

Ama işte bazen evinize fare girer ve o gece pijamayla ani gittiğiniz otelde açılış daveti yapılmakta olduğunu kimse size söylemez!

PİJAMALAR, PİJAMALARIMIZ...

Pijamalar üçe ayrılır.

Tabii kadın pijamalarından bahsediyorum. Erkek pijamaları 1'e ayrılır. Üstte eski yıpranmış tişört. Altta iki bacağı olan, eşofman mı, pantolon mu, şort mu, tanımlanamayan "bişi." Erkek pijaması budur.

Kadın pijamaları, evet, dediğim gibi üçe ayrılır:

1. **Abiye pijama.** İpektir, satendir, siyahtır, desenlidir filandır, hoştur. Stiletto'yu altına giy, rujunu sür, yemeğe gidersin.
2. **"Gencim ben" pijaması.** Üstünde işte "Hello Kitty", "Civciv Tweety" resmi filan olur. Penyedir, ama minik bir seksapeli de vardır. Yeni alındıysa utanmayacağın bir pijamadır.
3. **"Gece bir başıma evde bezeceğim" pijaması.** "Yalnızlık pijaması" da denir. Orijinali öyle olmasa da yıkana yıkana pastel tonlara gelmiştir. **Kendi eklemleri vardır, diz, dirsek gibi!** Siz squat kraliçesi olsanız da o pijamanın poposu hayatında hiç squat yapmamış, hatta yerinden kalkmamış gibidir. Bu pijama ev içi kaza ve felaket olması stresini ikiyle çarpar. "Şimdi bir yangın, deprem olsa da böyle sokağa çıkmak zorunda kalsam, bütün mahalle beni böyle görse, esas felaket o olur" gibisinden insanı ürpertir!

Benim o gece pijamam, Allah tarafından "yalnızlık pijaması"ndan son anda yırtmış. Ama asla abiyelerden de diyemeyiz! Arada derede.

Böyle keten, biraz dağınık bir yakasız gömlekle takım pantolon giymişim de, ama bavula seyahat ütüsü de atmamışım gibi bir hal. Ayağımda parmak arası terlik, saç deniz tuzlu, makyaj namevcut.

Planım şu: Muhtemelen bomboş, bir tek gece müdürü olan otele gireceğim, çaktırmadan anahtarı alıp, kimse görmeden odaya sıvışıp yatacağım.

Otele girdim.

Partiiiii! Ortalık yanıyor! Tıklım tıklım. Şıkır şıkır! Işıl ışıl! Abiyeler, mücevherler, takım elbiseler... Ve maalesef tanıdıklarr, tanıdıklarrr...

Elime bir bardak şarap tutuşturuldu, müdür "Hoş geldiniz" derken, o gördü geldi, öteki gördü geldi, bir arkadaşım sarıldı, birisi yandan fotoğraf çekiyor. Doğum günü partisi yapsam bu kadar tanıdık toplayamam! Ayaküstü klasik sorular: "Siz Bodrum'da neredesiniz, daire mi müstakil villa mı, müstakil aa güzel, peki sizde hayvan var mıydı Gülse?" filan, uzuyor sohbet. **Hayvan şu an var maalesef ve onun için buradayım diyemiyorum ki!**

Eski bir moda editörü arkadaşım geldi, üstümü başımı süzüp böyle yaptı: "Hmm 'Ünlüyüm, kimseyi takmıyorum, üzerimdekilerle gelirim' öyle mi?"

He dedim, aynen kardeşim! Çok cool olduğum için, kimseyi takmadığım için böyleyim. Yine gözlerde büyütüldüğüm bir andı!

Kaçarak odaya çıkıp yattım uyudum.

“ÖNCÜ FARE” NEYİN ÖNCÜSÜ?

Uyandığımda, gece eşimin tee İstanbul'dan bulup, sabah olay yerine yolladığı 'kemirgen yok etme timi' suçluyu tespit etmişti!

Yetkililerin ifadesine göre etrafta o kadar çok inşaat yapılmış ki, bütün hayvanların yuvaları, düzenleri bozulmuş, ikide bir gıda bulmaya çevredeki evlere girmeye başlamışlar. Mesafeyi koruyamadınız diyorum işte şu doğayla!

Fare ilaçlamacısı, beyaz kostümlü ve gayet profesyonel bey, detaylara girdi: "Tuvaletin içinden çıkmış! Tek başına gelmiş. Ama biz bunlara öncü fare deriz!"

"Pardon?" dedim! "Neyin öncüsü?"

"Fare kolonileri, önden bir arkadaşlarını seçip yollarlar lider olarak. Etrafı kolaçan etsin diye. Ortam uygunsa arkadan topluca diğerleri gelir!"

Nasıl yani?

Aralarından birini hızlıca liderleri olarak seçiyorlar ve bu başkan mı gidiyor yeni yerleşime bakmaya? Yahu nasıl organize bir türsünüz siz? **Şak diye liderinizi nasıl seçtiniz? Biz geçen yıl koskoca bir muhalefet olarak, o kadar eğitimli insan, masalarca konuşmalar...**

(Hayır ya ısrar etmeyin, siyasete girmeyeceğim dedim!)

Gerçi profesyonel ilaçlamacı beyin dediğine göre esasen tam lider değil, daha çok "önden gidip kolaçan edici" gibi bir şey seçiyorlarmış. Benim odada burun buruna geldiğim şahıs kolonide elçi, ne bileyim kâşif tarzı bir pozisyondaymış. **Bir tür İspanya kralının emrindeki Kristof Kolomb gibi!**

Bu esnada zannederim yerin altında başka bir muhabbet de şöyle gelişiyordu:

– Ne var ne yok o taraflarda?

– Çok acayip efendim! Girdiğim ev Gülse Birsel'in eviymiş!

– Gülse Birsel'in?

– Ha, "Avrupa Yakası"ndaki kadın var ya...

– "Yalan Dünya"daki, evet?

– "Jet Sosyete"deki Gizem hani, bizden dişlek olmasın dişlek olan...

– Öncü fare Kudret! Nasıldı diyorum sana?

– Makyajsızdı. Bir de televizyonda göründüğünden daha uzun!

– Hadi ya? Ama belki sen alt açıda olduğun için daha uzun görünmüştür Kudret!

– Bakın o aklıma gelmemişti.

– Dalga mı geçiyorsun oğlum? Ortam nasıldı, diyorum. Piyade birliklerini gönderelim mi?

– Valla ben yiyecek bir şeyler buldum, nohut var mesela, falafel yapabiliriz, çok moda. Ama çoluk çocuk gitmeye değecek bir durum da yok yani. Yine de küçükler Gülse Birsel'i görmek isterlerse, belki bir pazar günü filan hep birlikte...

– Öncü fare Kudret, seni ciddiyetsizlik ve disiplinsizlik sebebiyle görevden alıyorum! Bu Bodrum sizi bozuyor zaten, farkındayım.

– Sıcaktan olabilir efendim affedersiniz. Bir de alkol alınıyor çok yaygın.

Kudret aşağıda fırça yerken, benim yer üstünde fare savaşçısıyla sohbetim devam ediyordu:

– Merak etmeyin Gülse Hanım, bütün önlemleri aldık. Zehirli buğdayları koyduk. Gelip yiyecekler ve gidip yuvalarında ölecekler!

– Pardon? 'Gelip yiyecekler' derken? Hayır, ne zaman gelirler, ona göre uygun bir kıyafetle uyuyayım, otelde yine parti varsa ayıp olmasın!

– Valla bu iki-üç aylık bir savaş.

Ney?!

Her zaman barıştan yanayımdır. Tartışma, kavga dövüş sevmem, kaçarım. Eşyalarımı toplayıp o yazı yarımadanın ta öbür ucunda bir otelin rezidans bölümünde geçirmek üzere yola çıktım.

Öncü fare Kudret sadece nohutları değil özel yaptırdığım Bodrum sandaletlerinin kenarlarını bile yemişti, sonradan fark ettim...

MİKİ FARE AYAĞINIZA GELDİ

Bitti mi? Bitmedi.

Geçen yaz, yine Bodrum'da yepyeni, bahçeli bir evde kalıyorum. Yine gece 1 suları. Kanepeye yayılmışım, film seyrediyorum.

Ayağımın dibinden minik bir karaltı geçti. TV'den yansıyan ışıklar desenli mermer zeminde yansıma mı yaptı filan diye bakarken kendisiyle göz göze geldik!

Fındık kadar, gri bir Miki fare! Kocaman gözleri, bıcırık suratı ve bıyıklarıyla korku içinde bana bakıyor. Birkaç yıl önceki deneyimim doğrultusunda derhal bir profesyonel ekip çağırıp pijamalarımla açılış daveti olan bir otele gitmeliyim! Ancak bu seferki boyut ve tip olarak hiç o sandalet yiyenlerden değil, adeta bir çizgi film kahramanı!

Elime bir havlu alıp bir süre kendisini yakalamaya çalıştım. Elimde değil "Gel bakiym bıdık, pişt, kaçma tatlış" filan gibi nidalarla. Dışarıdan bakan civciv, yavru kedi filan peşindeyim zanneder.

Miki fare ne yapacağını bilemedi, sonunda kaçıp kanepenin altına saklanıp orada korkulu gözlerle pıstı.

Haliyle geceyi kendisiyle geçirmek, bizim eve yerleşmesi, uzun vadeli bir ilişki ihtimali filan planlarım arasında değil. Güzellik de bir yere kadar.

Dolayısıyla site güvenliği geldi, ben fırçayla kanepenin altında Miki'yi yavaşça ittim, güvenlik öteki taraftan havluyla yakaladı. Ve yavruyu, zarar vermeden, muhtemelen gelmiş olduğu ormanın içine saldık.

Fakat dediğim gibi, bunlar da kediler gibi sevildiklerini anlayıp askıntı oluyorlar. **Miki, kendi klanına benimle ilgili hangi övgüleri düzdüyse, iki gece sonra salonda abisi belirdi!** Babası da olabilir, emin değilim, ama tavırları ağırbaşlı bir babadan çok bıçkın bir delikanlı gibi. Evet ben yazın çok kapı baca kapatmam ama bu da nasıl bir cüret artık!

TOM VE JERRY KOZLARINI PAYLAŞSIN

Abi Miki'den farklı. Daha cesur, daha esmer, daha iriyarı, o kadar yakışıklı değil ve fazla atik. Adeta kuş gibi uçuyor, duvarlara tırmanıyor, hop oradan oraya geçip akrobatik jimnastik hareketleriyle aniden lambaderin üzerinde beliriyor. O âlemde çok sabıkası olduğuna emin gibiyim!

Dediğim gibi, doğayı severim ama mesafemi de koyarım.

Çözümü doğanın kendi dengesine bırakmaya karar vererek, bu abiyi bir kedinin av içgüdülerine teslim etmek için bahçeye çıktım.

Etrafta akşam yemeği saatine doğru tek tek bizim evlerin bahçelerini dolaşan bir şişko kedi var. Sosyal biri. Arada selamsız sabahsız bizim eve girip hasır kilime yayılıyor. Sonra sıkılıp çıkıp gidiyor. Baktım, orada. Belki kokuyu alıp geldi diye düşünüp sevindim. Aldım kucağıma, saldım salona. Miki'nin abisi derhal kanepenin altına tüydü.

Kediden de aynı içgüdüsel performansı bekliyorum.

Ama tık yok! Yine halının üzerine yayıldı, karnını açıyor, kendini sevdirme çabalarına giriyor! 25 santim ilerisinde fare var, farkında değil. Ya da umurunda değil. Açıkçası ben de her akşam farklı evlerden farklı mönülerle beslensem, asla fare peşinde koşmam.

O esnada Miki'nin abisi koşup mutfağa girdi ve orada kayboldu, ben de kapıyı üzerine kapatıverdim.

Şişko kedi sıkılıp uzun uzun esnedi ve uzadı!

Ben de yine site güvenliğini arayıp durumu aktardım. Güvenlik, mahallede çok kaliteli başka bir kedi olduğunu anlattı! Geçen hafta yılan avlamış kendisi, yani referansları çok iyi. Onu getireceğim dedi.

Beş dakika sonra evde vahşi doğa belirdi! **Güvenlik, kucağında zor zapt ettiği, genç, sıska, aşırı korkmuş, çok yabani bir tekirle salona girdi, kediyi bıraktı ve tekir çıldırdı!**

Kütüphaneye atlayıp vazoyu kırıyor, oradan sehpaya kaçıp abajuru deviriyor! Pıflayarak masanın altına kaçıyor, oradan çıkmaya çalışırken hasır sepetlere çarpıp darmaduman ediyor! Salonun anasını ağlattı bir dakikada! Dilim varmıyor söylemeye ama bence yasaklı madde kullanıyordu, başka bir açıklaması yok o hallerin!

Zar zor sakinleştirmeye çalışıp yakaladım, mutfağa bırakıp kapıyı kapattım. İkisi kozlarını paylaşsınlar, bana ne!

Güvenlik bey gitti.

Mutfaktan ses seda yok. Cam kapıdan içeriyi görüyorum, fare zaten ortada yok. Daha da tuhafı kedi de yok olmuş! Tom ve Jerry konuyu aralarında çözsün ama kimse de aç susuz kalmasın diye mutfağa su ve peynir bırakıp, tekrar kapıyı sıkıca kapatıp, uyumaya gittim.

SCHRÖDİNGER'İN KEDİSİ BODRUM'DA

Sabah garip bir şey oldu. Üç tarafı duvar ve kapısı kapalı mutfakta fareden de kediden de eser bulamadık! Su ve peynire de dokunulmamış.

Hadi fare bir yere girdi, küçücük bir delikten, ne bileyim asma tavana geçip oradan belki geldiği yoldan dışarı bahçeye kaçtı diyelim. Kedi nerede?

Schrödinger'in ikinci kedisi mi bu? Kuantum fiziği deneyinde aynı anda hem ölü hem diri olan ilki gibi, bu

da hem bizim mutfakta hem değil mi? Bizim mutfak bir tür Bermuda Üçgeni mi? İki yüzüp bir kokteyl içip şehre dönecektim, nasıl bir fizik deneyinin içine düştüm Yarabbi?

İşin kötüsü bu sefer gelen başka bir zehirlemeci beyefendi evin her yerini, teknik odaya kadar didik didik edip ne fare pisliği bulabildi ne bir şey. "Fare de vardı kedi de vardı, şu an ikisi de mutfağın içinde kayboldu" dedikçe bana şüpheli şüpheli bakıp gülümsüyor ve diyor ki **"Belki aslında fare yoktu, önceki gün gördüğünüz fareden o kadar korktunuz ki bir gölgeyi, yaprağı fare zannettiniz?"**

Allahım çıldıracağım! Sanatçıyız, hayal gücümüz geniş de o kadar da deli değiliz kardeşim!

Hadi ben (olmayan) fare korkumdan kafayı yiyip bir gölgeyi fare zannettim, koskoca kediye ne oldu?

Akşam kediyi bulduk! Bulaşık makinesinin arkasındaki üç santimlik boşluğa bir şekilde girip, kendini pide gibi yapıp orada saklanmış! Ne yapacaksak kendisine. Sessiz sedasız orada 16 saat durmuş manyak. Vallahi psikopat bunlar. Zar zor, yaka paça oradan çıkardık, saldık.

Fare ortaya çıkmadı. Ama birkaç gün sonra başka bir bahçede klanın bir üyesi, belki de bizatihi Miki'nin sabıkalı abisi, vefat etmiş şekilde bulundu da ben de "Halüsinasyon gören komedyen" olarak kayıtlara geçmekten kurtuldum. Katili bilmiyoruz. Vahşi tekir mi, bizim şişkonun ters tarafına mı geldi, ne oldu belli değil.

Martıları da pek severim. Severdim yani. Sanırım onların camiada bu da duyulmuş!

Şimdilerde de martılarla başım dertte. Birkaç hafta yan komşuda sürekli çekiçle çivi çakıldığını düşündüm, bir tamirat olmadığını öğrenince ise birinin asansörü meşgul tutan başka bir komşuya sinirlenip asansör camına tak tak tak vurduğunu sandım. **En az kediler kadar psikopat bir martı terasıma dadanmış!** Arada gelip gagasıyla sinir içinde tak tak tak tak tak tentemin demirlerine vuruyor. Ne istiyor, derdi ne, anlamak mümkün değil. Saksılarıma fındıklar, fıstıklar gömüyor, az ileride yüzme havuzu yokmuş gibi gelip sehpanın üzerindeki yağmurla dolmuş tabakta ayaklarını ıslatıyor filan, bir şeyler.

Sonraki kitapta bu manyakla da bir maceramın yer alabileceğinden korkuyorum!

Pedagojinin (denenip başarılı olmuş) püf noktaları

Çocuklar eski çocuklar değil. Gerçi anneler de artık eski anneler değil. Ergenlerse gittikçe daha kötü oluyorlar. Gözlemlerim ve bilimsel araştırmalarım ışığında, tüm çözümler bende!

Gittiğim sitelerde, yaşadığım çevrede, yaz otellerinde filan görüyorum. Köpekleri çoğunlukla sahipleri gezdiriyor ve bizzat ilgileniyorlar. Geçen gün tasmalı bir kedi bile gördüm, kendi önde sahibi arkada depar atıyorlardı.

Çocukların çoğu ise başka bir milletten ve sadece telefonuyla ilgilenen bir "nanny" hanımın yanında oluyor! Ve çocuklar fena halde sıkılmış, herhangi biriyle iletişim kurma peşinde gibi görünüyorlar haklı olarak. Çünkü, artık Tayland mı Özbekistan mı nereden geldiyse, "Nanny hanımefendi"nin tabiatıyla hayatı zor. Çocuğu gezdirmeye çıktığında yavruyla sohbet etmektense telefonda memleketiyle, eşiyle dostuyla görüşüyor. Zaten çoğunun İngilizcesi kırık, Türkçeleri hiç yok. Kendisinin anadilini haliyle çocuk anlamıyor, çocuğun söylediklerini bakıcı hanım anlamıyor. Oysa yavrunun en çok birileriyle muhabbet edip, her şeyi sorup öğrenmesi gereken yaşları. (İşte bu yüzden çocuk yapmadım, böyle kafaya takardım her şeyi.)

Elbette çocuk çok zor iş, bunu anlıyorum.

Çocukken öncelikle sarhoş gibi bir şeysindir. Dengesizsindir, sürekli düşersin, bir şeyleri devirip kırarsın, bir an güler bir an ağlarsın, yersiz yersiz konuşursun, iki saat durmadan koşup, ter içinde uyuyakalırsın. **Çocukluk bir yönden de bıcırık bir yüz ve tatlı bir sesle örtülmeye çalışılan bipolar bozukluktur!** Bir gün bir günü tutmaz. Çocuklar arada azar, durduk yerde huysuzlaşır, kapris yapmaya başlar. Çocuk sahibi olmak 1 metre boyunda, pembe yanaklı, süt kokan bir Lindsay Lohan'la aynı evde yaşamaktır!

Herhangi bir çocuğa üç öğün yemek yedirmek bile başlı başına tam zamanlı bir iştir bence. Erişkinliğinde fazla iştahlı olmaktan şikâyetçi çoğu insana çocukken binbir uğraşıyla yemek yedirilmiştir. Gerçi bunda çocuklar için seçilen mönülerin de rolü vardır: İçinde beyin olan, karaciğer ezmesi olan köfteler, ezilmiş ıspanak yemekleri, tatsız tuzsuz çorbalar, şimdi üzerine para alarak bile yemeyeceğiniz bir sürü berbat şey!

Bu vaziyette annelerin yanında yüklerini hafifletecek bir yardımcı olması normal. Hele ki çalışan anneler başka ne yapsın? **Ama çalışmadığı halde ilgisini konudan**

tamamen kopartmış, adeta yavruyu tanımazdan gelen bir anne tipi de var piyasada!

Lüks yazlık beldelerde çok rastlıyorum. Genelde çok fit, çok bakımlı, çok şık ve aslında günün büyük bölümünde de bu konularla meşgul hanımlar var! Bir tür Gizem Özpamuk gibi düşünün. Saç baş, diş, estetik ve genel kültür açısından Gizem'in farklı versiyonları diyebiliriz. Çocukla bütün gün bakıcı ilgileniyor. Anne tesadüfen oraya gelmiş ve çocukla az önce tanışmış gibi duruyor! Bu arada anne pek İngilizce bilmiyor, bakıcı hiç Türkçe bilmiyor, İngilizcesi de kırık dökük. Ama yavrunun bu ortamda hem Türkçe hem İngilizceyi sular seller gibi öğrenmesi bekleniyor ve onun yanındayken herkesin İngilizce konuşma çabası var!

Havuz kenarında bakıcı hanım ve üç yaşındaki yavru var. Anne öğlene doğru bir noktada oğlu olduğunu hatırlayıp ilgilenmeye karar vermiş. Uzun jel tırnakları, beline kadar kusursuz saçları, estetikleri, havalı mayosu ve leopar kaftanıyla takım tıkır tıkır topuklu terlikleriyle geliyor. Geçen yaz bire bir seyrettiğim bu sahnede, nanny Marianna'yı Uzak Doğulu, anneyi ise dişlek Gizem Özpamuk olarak hayal edin, kafanızda öyle seslendirin:

– Emrecan yu hangiri? Ha oğlum? Mariannaa, giv Emrecan fuud. Okey?

– Ookey Mis Gizem.

– Emrecan ne yicen?

Çocuk iletişim kurmaya alışık değil ki, annesiyle konuşmuyor, mızmızlanıyor, çıkıp çıkıp havuza atlıyor.

– Emre oğluum! Vat yu iit? Şş bana bak!

Bakıcı da katılıyor Bali masajı sesiyle:

– Hello Emrejan, ar yu hangirii pliiz?

– Oğlum! Şşş! Bana bak! Köfte yer misin? Yu iit köfte?

– İstemioom!

– Şşş oğlum. Yuu iit piza? Emrecaaan! Bak bana bağırtma beni burada! Osman abin piza getirtsin mi? Şşş!

– İstemiooom!

– Bok ye!.. Öf be! Bıktım vallahi, annelik çok zor! Marianna vat iit Emrecan? He? Ne yiyo bu normalde?

Kuru mama yiyor hanımefendi! Ne yiyor olabilir üç yaşında çocuk? Sen ne yiyorsan yiyor işte!

Ben gördüm bunu. Ben yazmışım gibi, ama değil, yanımda yaşandı bu.

FUAYEYE BIRAKIRSAK İLERİDE SANATÇI OLUR!

Kimsenin hakkını yemek istemem.

Bir noktada anne baba da bezip çocuğu hudayinabit, yani kendi kendine büyümeye bırakabiliyor.

Bizim evde dört erişkin vardı, dolayısıyla çocukken ben bakıcı yüzü görmedim, ki şanstır. Ablalar, abiler, teyzeler, amcalar, güzel şeylerdir bunlar.

Ama bir tiyatro gecesi, bırakacak kimse bulunamadı. Zira dört erişkin kişinin dördü de oyunu o gece seyretmek istiyordu!

Kaderin bir cilvesi olarak ilk gittiğim oyun *Ahududu* piyesi ve başrolde Gazanfer Özcan var. Ancak dört-dört

buçuk yaşındayım ve o zaman Gazanfer Özcan benim için pek bir şey ifade etmiyor. Oysa oyun Adile Naşit'li, Gönül Ülkü'lü kadrosuyla kapı baca kırıyor ve bizimkiler de bilet almış. Ablam 17, abim 19 yaşında, onlar da oyunu seyretmek istiyor.

Ne umdular bilmiyorum ama bana da bilet alınmış!

Girdik oturduk. Elbette bir şey görmüyorum. Paltoları koltukta üst üste koyup, en tepeye beni oturtup yükselttiler. Tekrar ediyorum, nasıl bir iyimser beklentiyle oyunu suspus, esprilerde gülerek filan sonuna kadar izleyeceğimi düşündüler bilemiyorum. 34 değil dört yaşındayım zira. **Bu arada, oyunu bilmeyenler için, konu ahududu likörüne arsenik koyarak eve misafirliğe gelenleri zehirleyip öldüren iki yaşlı hanımın hikâyesi!** Orijinal adı *Arsenic and Old Lace*. Pek çocuk tiyatrosu diyemeyiz yani!

Sahnenin renklerini, ışıkların parlaklığını hayal meyal hatırlıyorum. Ama sanırım 10-15 dakika durup sonra sorular sormaya başladım. Halbuki sessiz olmak lazım. Bir üç beş şşt diye susturdular, etraftan bakanlar olunca ne yaptılar dersiniz? Belli ki böyle olmayacak değil mi? Normalde birisi çocuğu alıp eve götürmeli, ertesi hafta da tek bilet alıp oyuna tek başına gelmeli değil mi?

Öyle yapmadılar.

Beni dışarı çıkartıp fuayeye çanta gibi koydular! Büfeden bir çikolata alıp elime verdiler ve beni tiyatronun büfecisine emanet ettiler! 15-20 dakikada bir de birisi çıkıp her şey yolunda mı diye baktı, çikolatamı bisküvimi tazeledi.

Var mı böyle bir pedagoji?

Yahu şimdilerde çocukları fuayeye bırakmak değil çikolata vermek bile yasak! İlkokula kadar rafine şeker yedirmiyorlar filan, neler neler.

Belki sanatçı olmamı istediler, bilmiyorum. Göbek bağını tiyatro bahçesine gömmeyi unuttuk direkt kendini fuayeye bırakalım diye düşünmüş olabilirler! Neyse eve dönerken uğrayıp aldılar, o da bir şeydir.

KREATİF ÇOCUKLAR VARDIR!

Çok müthiş anne babalar ve acayip kaliteli çocuklar da var tabii. Arkadaşlarımın çocukları mesela müthiş. Coşuyorum. Ne kelimeler biliyorlar, ne espriler kendilerine göre. Benden iyi tablet kullanıyorlar. Daha iki-üç yaşında filanlar ha! Yerim. Folik asit çocuğu filan diyorlar bunlara, sebebi neyse, vallahi iyi çalışıyor.

Bir de çok averaj çocuklar ve onları aşırı gözde büyüten ana babalar var!

"Çok kreatif bir çocuk, inanılmaz. Ne senaryolar yazıyor, bir görseniz. Kesin senarist olacak. Oyuncaklarıyla ne hikâyeler, ne tiyatrolar yapıyor."

"Aa gerçekten mi?" filan diyorum. Herhalde çocuk bir hikâye uyduruyor, sonra perde gerip oyuncaklarına oynatarak tiyatro gibi yapıyor filan sanıyorum.

Diyorlar ki "Evet inanılmaz, kendisini anne yapıyor, bebeği de onun çocuğuymuş, alıyor kucağına, ona kızıyor böyle, yaramaz yemeğini ye diyor!"

Sizi üzmek istemem ama buna evcilik diyoruz ve bunu yapmayan bir kız çocuğu yok!

Bunlara bakınca diyorum ki bizim kuşağın hakkı çok yendi çocukken. Vallahi. Ben gerçekten 8-10 oyuncağın rol aldığı "ensemble cast"lar oluşturup karışık hikâyeler uydurup onlara oynatıyordum. Ama "Gülse n'apıyor?" diye soran olsa, cevap: "Aman oynuyor öyle."

Desene "Yavrumuz kesin tiyatrocu olacak, zaten fuayede bıraktığımız gece de bayağı çevre yapmış, bundan 25 yıl sonrası için Gazanfer Bey'i kafalamış!"

TÜH, TAM EĞLENİYORDUK R'LERİ DÜZGÜN SÖYLEDİ!

Biz çocukken pedagojinin el kitabı basitti: Midemiz bulanınca ekmek yedirirlerdi, grip "Yatınca geçer"di, başın ağrıyorsa "Çocukların başı ağrımaz" denirdi, uykun kaçıyorsa "Oyuncaklarını düşün, güzel rüyalar görürsün" şeklinde konu halledilirdi! Okuma yazmayı öğrenemiyorsan ya "tembel"din ya "yavaştan, sağlam sağlam öğreniyor"dun! Hüzünlü bir çocuksan "Yazar olacak herhalde" derlerdi, yerinde duramıyorsan, etrafa saldırıyorsan bir tane çakarlardı, susup otururdun.

Ben beş yaşına kadar filan r'leri söyleyemedim.

Şimdi olsa bir anne baba bu konuyu kafaya takar, araştırır, doktorlara sorar. Kesinlikle çocuğun yanında r'leri söyleyemediği konuşulmaz. **Hatta daha ileriye gidip anne baba da r'leri söylemez! Var bunlar hep vallahi.** Hatta bak, r'leri söyleyemediği için çocuğa "Sen işte bu yüzden çok özelsin" filan denebilir, bu bir vasıf gibi sunulabilir. "Herkes sıradan senin r'lerin bir başka" denebilir!

Bana öyle yapmadılar. **Hatta ne üzüldüler ne görmezden geldiler.**

Çok r harfi içeren uydurma şarkılar, şiirler ezberletip misafire meze yaptılar beni!

Pedagojiyi filan bırak, acımasızca mizah malzemesi oldum ya! Akşam oturmasında muhabbet yürümedi mi, "Söyle kızım arılı şarkıyı!"

"Aayılay taylalayda uçuyooy, ayılaay moy dağlayda yüyüyoyyy!"

Ay ne gülmek.

Üşenmeden, sırf eziyet olsun diye uydurulmuş, üstelik de özensiz özensiz uydurulmuş bir şarkı. Ama benim çaba ve kıvranmayla dolu her performansımda "Kahkahalayla gülünüyoy!"

Bir gün tepem attı. Ne gülüyorsunuz ulan? Kendi kendime gizli gizli "Rrr rrr rrr" diye diksiyon egzersizleri yapıp bir ayda r'leri bugünkü gibi söylemeye başladım.

Şimdi olsa, ana babalar bunu kendi kendine çözen mucizevi çocuklarının şerefine parti verirler! Bu azim ve zafer destanı için gözyaşlarıyla havaya R harfli balonlar uçururlar, R şeklinde badem unlu ve bittabi rafine şekerle değil hurmayla yapılmış kurabiyeler ikram ederler!

Bizimkilerse düzgün r'lerimi fark edince sadece şöyle yaptılar: "Aa bak uğraşmış söylüyor kerata!"

Çok hakkı yendi bizim kuşağın yemin ederim.

"ETİNİ BURMAK", BİR NEVİ ERGENE "KUPA ÇEKMEK"TİR!

Ergenler şimdi baş tacı!

Oysa çocuktan beter bir şey varsa ergendir. Ergen, öyle çocukluk dönemi gibi hafif bipolar, az bir şey alkolik filan değildir. Dümdüz delidir! Deli dediğin n'apar? Garip garip giyinir, ona buna gerekli gereksiz bağırır, gündüz saati uyur, gece saati deli deli dolanır, arada kendini iletişime kapatıp boşluğa dalar. **Ergen çocuğu olanlara Allah sabır versin ama ergenlik çekilmez iştir!**

Şu an ailelerde ergenlik dönemine özel bir dikkat gösteriliyor. Çocuklar alttan alınıyor, ergendir olur deniyor. Nasıl davranmaları gerektiğini öğrenmek için anne babalar terapiye gidiyor, eğitimler alıyor, yaklaşım kalıpları öğreniyorlar. Çünkü evet ergenlik zor bir dönem.

Biz ergenken de ergenlik zordu. Ama anne babalar için değil bizatihi ergen için.

Kusura bakmayın ama doğrusu da budur. Derdi yaratan derdi çekmelidir!

Biz de ergen olduk. Ergenliği bütün şanı şerefi ve arızalarıyla yaşamaya teşebbüs ettiğim bir 10 gün hatırlıyorum!

Kafam neye bozuktu bilmem, belki hormonlar inip çıkıyordu. Ama o 10 gün, üstelik de yaz tatilinde, evin o köşesinden bu köşesine oflaya poflaya nemli gözlerle dolaştım.

Saçımı taramadım, denize gitmedim, sohbetlere katılmadım, tebessüm bile etmedim. Akşamları karabasan gibi yemek masasına çöküp herkesin keyfini kaçırdım.

Bir akşamüstü, balkonda otururken annem "Ne bu surat her gün, senin derdin ne kızım aaa..." şeklinde pedagojik bir açılım yaptı.

"Sıkılıyorum... Hayat çok anlamsız" cevabımın üzerinden sanırım birkaç saniye geçmişti ki, acı ve can havliyle bir metre havaya sıçradım. Annem, her Türk annesinin uzmanı olduğu "mıncırma" veya "etini burma" tabir ettiğimiz hamleyi oldukça sert ve uyarısız gerçekleştirmişti!

Mıncırma, malumunuz evlat artık poposuna terlikle vurulmayacak kadar büyüdüyse, ancak tekdir ile de uslanmıyor ve hakkı kötekse kullanılan, konu komşu duyar ihtimaline karşı avaz avaz bağırmak yerine geçen bir terbiye şeklidir. **Tercihen bel veya bacak bölgesinden bir alan seçilir, elle kavranır ve et, 180 derece çevrilir!**

Hemen ardından, daha acım ve şaşkınlığım hüküm sürerken, annem yüzünü yüzüme yaklaştırarak kısık sesle "Alırım ayağımın altına" diye başladı ve "Karnın tok sırtın pek! Aklını başına topla! Sıkılıyorsan da git bakkala evin alışverişini yap, sonra gel bir kurabiye pişir, akşam misafir var, hadi yallah..." şeklinde bitirdi!

Malumunuz eti mıncırılan ergen olay yerinde fazla kalamaz, mıncırandan tırstığı için kendisine yalakalık yapar, arzu ettiği aktiviteleri gerçekleştirir.

Mıncıran mutlu, mıncırılansa artık efendi bir insandır!

Aynen öyle oldu.

Mıncırma sonrası ne derdim kaldı ne tasam! Bakkala gittim, kurabiyeyi yaptım, akşam misafire servis yapıp kitabımı okudum. O günden bu yaşa kadar da hep mutlu mesut, uyumlu, üretken biri olarak yaşadım.

Bu tekniği yazdığım eski bir yazım büyük onay, alkış ve teyitlerle karşılanınca faydasının nereden kaynaklandığını bilimsel olarak araştırmaya karar verdim!

Yüzyıllarca denenip çalıştığı kanıtlanmış bu yöntemin kökü, incelemelerime göre tıbben de etkinliği bilinen "kupa çekme"ye dayanıyor!

Geleneksel ama modern tıbbın da faydasını bildiği bir tedavidir kupa çekmek. Soğuk algınlığında, romatizmada, ağrıda sızıda, cam bardaklar ısıtılarak sırt, bel gibi bölgelerin etlerine vantuzlanarak yapıştırılır. Et yuvarlak yuvarlak kızarana kadar beklenir ve kupa etten plop diye çekilir. Bölgedeki kan akımı yüksek düzeye çıkar, dokulardaki oksijen ve kan miktarı artar. Toksinlerin lenf yoluyla atılımı hızlanır.

Mıncırma da bu! Bakın aynı teknik. **Demek ki et burularak kan akışı hızlandırılıyor ve muhtemelen ergenin beyne kan gidiyor! Aynı şekilde mıncırma sayesinde kan akımı yüksek düzeye ulaşıyor ve ergendeki manyaklık da toksinler gibi lenf yoluyla atılıyor!**

Bilim mükemmel bir şey ya.

Ömrüm yeterse bir gün tıp okuyacağım yemin ederim. Onun bana benim de tıbba çok katkım olacağını düşünüyorum...

"İçerik" nedir, ne değildir?

Memleketin yarısının derdi yazar, yönetmen, stand up'çı, şarkıcı, oyuncu, yani sahne insanı olmak. Sosyal medya kendine göre söyleyecekleri ve yapacakları olan heyecanlı vatandaşlarla dolu. Kimse bildiği yerden yürümüyor, illa bir şov yapılacak!

Gözde büyütülen şeylerden biri de bizim sektör.

Yani gösteri dünyasına içerik üretmek.

Kanımca sosyal medya, televizyon, sinema, Antik Yunan amfitiyatroları veya taş tabletler, fark etmez. Yer aldığı mecradan bağımsız olarak tarih boyunca sadece iki içerik kategorisi vardır:

1. Bilgisel-belgesel
2. Sanat

Birincide, hâkim olduğunuz bir konuda bilgi verebilirsiniz. Tarihçi tarih anlatır. Bir doktor kendi alanında bilgi verir. Hatta bir ev hanımı temizlikle ilgili püf noktalar söyler, hepsi de kıymetlidir. Ama bizim memlekette bu kategoriyi tercih eden maalesef az.

İkinci içerik türü de sanattır. Şarkı söylersin, dans edersin, fotoğraf, film çekersin, mizah yaparsın, ne bileyim. **Ama bu ikinci kategoriye, yani gösteri sanatlarına dokunan bir şey yapacaksanız, konunun az biraz ehli olmak ya da en azından öncesinde düşünüp, hazırlanıp, bir çaba sarf etmek gerekiyor.** Batılı TikTok kullanıcılarında görüyorum bazen. Mesela dede, baba, torun, üçü günlerce çalışıp bir dans koreografisi yapmışlar, onu çekmişler. Çiçek gibi. Uğraşılmış edilmiş.

Ne yazık ki benim vatandaşımın bunlara vakti, enerjisi yok, ama şov heyecanı da yüksek!

MİLLİ VANİLLİ ERKEN GELMİŞ BİR TİKTOK FENOMENİDİR

Bir kuaför mesela saç keserken video çekip koyacak. Mükemmel. Uzmanından, bilgi verici, faydalı içerik. Ama illa o videonun bir öncesi oluyor. Kuaför ağır çekim sokakta yürüyor, rüzgârda saçını uçuşturuyor, ağır çekim sağa bakıyor, gözlüğünü çıkarıyor, fonda müzik. Yavaş yavaş dükkâna giriyor, makası havaya atıyor, bir şaka yapıp bize göz kırpıyor filan. **Abim ne gereği var? Sen model veya oyuncu değilsin ki, kuaförsün. Kesim için yer kalmadı videoda?**

Nusret'in tuz işleri filan hep mahvetti esnafı sanatkârı. Meslek ne olursa olsun hep bir şov! Bize bırakın şov işini gözünüzü seveyim, olmuyor ya.

Ama haklı da insanlar. Çünkü nedense seyrediliyor.

En popüler içeriklerden biri, bilinen bir şarkıya ağız oynatıp objektife bakarak kendini yakın plan çekmek! Genelde arabada yapılıyor bu. Başkasının söylediği şarkıya dans mans bile etmeden sadece playback yapmak niye seyredilmeye değer bir şey olsun ki? Gerçek şarkıcılar niye yıllarca şan dersi aldı o zaman? Biri söylerdi, onlar da ağız oynatırdı.

Hayır madem buna okeydik, Milli Vanilli'nin günahı neydi? Üstelik fıstık gibi de dans ediyorlardı. Demek ki Milli Vanilli skandal değil, 35 yıl erken gelmiş dünya çapında bir TikTok fenomeniymiş!

GECEYE ŞİİR BIRAKANDANSA ISLANMIŞ FASULYE BIRAKANI SEVERİM

Evinin yanan lambasını ve camından görünen caddeyi çekip "Akşam oldu ..." yazan var. Fotoğraf olarak çok kötü bu arada, rondoyla çekilmiş tabir ettiklerimizden. Bilgi veriyor desen, e burada da akşam oldu. **Ne anlatıyor bu içerik bize şimdi? Aynı yarımkürede olduğumuzu! Peki.**

"Geceye bir şiir bırakanlar" var, "Bir özdeyiş bırakanlar" var. Ki geceye şiir bırakandan çok ertesi gün yapılacaklar listesi bırakana, ne bileyim ıslanmış fasulye bırakana daha yakın hissederim hep. Sorumluluk sahibi, planlı, çalışkan insandır en azından.

Çay ve rakı güzellemesi yapanlar var çok:

– **"Çay içenden zarar gelmez."** (Hapishanelerde günlük demlenen çay miktarını araştırmanızı öneririm!)

– **"Rakı içen güzel insandır."** (İçelim güzelleşelim sözü bunu kastetmiyor!)

Çay ve rakı içenleri toplayınca zaten nüfusun yüzde yüzü ediyor ve herkes bu kadar zararsız ve güzel insan olabilir mi? Katılmıyorum. **Bu kadar suçu da birileri işliyor çünkü! Hepsi konyak ve rezene mi içiyor bunların?**

Kız istemede kahveye atılan tuz, acı biber ve daha kötü yabancı maddeler ve bunların damat bedeninde yarattığı reaksiyonların videoları pek sevilen bir içerik. O var.

Bir nostaljik şapka takıp, ne bileyim Avrupa'da veya Avrupai bir semtimizde eski bir binanın önünde fotoğraf koyup şöyle yazanlar var: **"Kesinlikle 1800'lerin insanıyım. Keşke 19 yüzyılda yaşasaymışım!" Yaşayamazdın. 12 yaşında ölürdün. Bademcik enfeksiyonundan hem de. Antibiyotik yoktu çünkü. Boş yapma, geç!**

Bu saydıklarım tabii çok masum, iyi niyetli paylaşımlar. Latife ediyorum. Ama sanki kural biraz şu olmalı: Sadece ablanızın, annenizin veya ilişkinin ilk altı ayında sevgilinizin "Çok tatlı" bulduğu bir şey içerik olmayabilir! Ona bir tekrar bakın.

Gösteri sanatları konusunda deneyim veya yetenek yoksa, hazırlık ya da çaba da bulunmuyorsa, ama aksi gibi büyük bir heyecan ve şov iddiası söz konusuysa, akıl almaz "içerik"lere maruz bırakılıyoruz!

SÜTE GİRİP VİDEO ÇEKEN MANDIRACI

Yani ben mandıra çalışanı olsam ve illa sosyal medyaya bir içerik üretme arzusuyla yanıp tutuşsam alır telefonumu mandırama gider, kaymak nasıl yapılır, peynirin iyisi nereden anlaşılır filan bunları anlatırdım. Hem yararlı olurum hem de işin uzmanı olarak bana saygı duyarlar diye düşünürdüm. Ancak mandıracı illa bizim alana girecek!

Ne yapıyor? Soyunup donuyla sütün içine giriyor!

Orada kafasına maşrapayla süt filan dökerek kameraya performansını sergiliyor.

İnsanların içeceği süt, evet!

Mandıracının süt banyosu kurgusal sinemada hangi kategoriye girer, komedi mi deriz, dram mı, bunlar gri alanlar. Aynı beyefendi çıktıktan sonra sütün alacağı renk gibi! Ama içerik olarak bunun iyi bir fikir olduğunu düşünmüş kendisi. "Sanatçı" böyle takdir etmiş.

Benzerini bir fıstık deposu çalışanı yapmış. O da soyunup donla boğazına kadar fıstıkların arasına girmiş! Bacaklarını oynatarak fıstık dağını hareket ettiriyor filan. Zoom'lar var, fona müzik koyulmuş. Böyle bir eser o da.

Demek ki bu bir akım. Sinemadaki "Fransız Yeni Dalgası" gibi. **Ürünün içine çıplak girip orada bacaklarını kollarını hareket ettirerek gıda yığınını dalgalandırıyorsun. "Türk Yeni Dalgası!"**

SEKSİBOY42, HOŞ GELDİN, HADİ BİR ÇAY AT!

TikTok teyzeler var. Ki bakın şu ana kadar bahsettiğim herkes yine asgari bir enerji harcamıştır içeriğine.

TikTok teyzeler ise soyunup donla herhangi bir ürünün içine girecek kadar bile çaba göstermiyorlar. Başka canlı yayıncılar gibi, başımın üzerinde yeri olan, az çok bir emek içeren, ne bileyim istek şarkı alıp söylemek, makyaj videosu, fal bakmak filan, asla!

Teyzeler canlı yayın açıp dümdüz para istiyorlar sadece. Günlük hayatını, oturuşunu bile bir milim değiştirmeden!

Bilmeyenler için, misal, gecenin körü, dört teyze aynı anda evlerinden yayın açmış. Ekran dörde bölünmüş. **Teyzelerden biri ekrana bakıp canlı yayına girenlerle yarım ağız muhatap oluyor: "Seksiboy42 hoş geldin, hadi çay at. Adanalıyarim354 hoş geldin, hadi biraz destek, bir kahve at ablana, Allah razı olsun" filan diyor.**

İkinci teyze elma soyuyor ve kime bilmiyoruz ama midesindeki sorunu anlatıyor.

Üçüncü teyze uyuyakalmış.

Dördüncü teyze kadrajda olmayan oğluyla kavga ediyor ve bizi hiç takmıyor!

Kim kimle muhatap, kimi dinlemeliyiz, meçhul. Çok yanlış şeyler yiyip hemen yattığın bir gecenin rüyaları gibi!

Ya teyzem biriniz bir börek tarifi verin bari, elinize mi yapışır? Gözünüzü seveyim ya! Saatlerce hiçbir şey yapmadan öyle durmak daha zor değil mi?

Bakınız her şey içerik değildir. Bir yerde yayınlanıyor diye her şey oyunculuk, mizah filan değildir.

Ha gösteri dünyası sanıldığı kadar özenilecek, ışıltılı, konforlu bir dünya da değildir!

Madem öyle, biraz set ortamının gerçek yüzünü anlatayım size de durduk yerde heves etmeyin.

Sette hayatın tadı çıkarılmaz, sadece hayatta kalınır!

Ünlülerin paylaşımlarından filan sakın özenmeyin, işyerlerinizin kıymetini bilin. Kulis, set, karavan filan, buralar herhangi bir muhasebe ofisinden, bir kuru temizlemeciden, hatta bazen inşaat şantiyesinden daha zor şartlara sahiptir!

Gösteri dünyasına çok özenmeyin! Mesleğin kendisi seviyorsanız harikadır, kazancı, şöhreti filan da eğer çok iyi bir yere geldiyseniz müthiş olabilir. Ama çalışma şartları serttir!

Arada bir yıldız gibi hissedersiniz, evet. Ne bileyim hediyeler gelir, sette "istekleriniz" sorulur şu bu. Ama ender.

"RIDER" NEDİR, KULİSTE NELER İSTENMELİDİR?

O sizin story'lerde filan gördüğünüz şık, konforlu kulisler birkaç lüks tiyatro salonunda ve bazı çok büyük bütçeli reklam setlerinde olur.

Ha onu da gördük, çok şükür.

Mesela beni tabii ki gözde büyütüp bazen daha talepkâr bir sanatçı sanırlar, diva muamelesi yaparlar. Mizahın divası!

Sahne söyleşileri, sahne konuşmaları yapıyorum arada sırada. Onlarda ve reklam setlerinde, ajans veya yapım şirketi bonkörse önden sorarlar **"Kulise ne istiyorsunuz?"** diye. Var ya yabancı starların listeleri "rider" tabir edilen: Şu kadar şişe bilmemne şampanyası, sadece Liechtenstein'da bulunan şu isimli çikolatalı bisküvi, filanca marka eliptik bisiklet ama kırmızı olacak, altı masöz, kedim için koşu parkuru, müzisyen arkadaşlarım için diskoya dönüşebilecek bowling salonu, filan ...

Bana da sorarlar arada.

Bu kadar yıl iki üç havalı şeyi bir araya getiremedim. Hep diyorum ki "Bol bol su olsun!"

Su olmayabilir mi kuliste Allah aşkına ya? Biraz büyük düşün be kadın!

"Var zaten Gülse Hanım" diyorlar haliyle.

"O zaman" diyorum "kahve ve süt."

Kahve ve süt müüü? Vay starım be! Vay çılgın! Seni kaprisli diva! Bu nasıl vizyon, bu nasıl bir lüks yaşam? Kahve yetmedi bir de süt ha? Wow!

Bir de muz istiyorum! Hani aniden acıkırsam setin vaktini çalmayayım da hızlıca bir muz atıştırıp işime döneyim diye. **Ruhum sefil. Ruhum ezik.**

Bir müzisyen arkadaşım her rider'a illa paket kuruyemiş ve evde ne içki bittiyse onu yazıyormuş. "Eve götürüyoruz, iyi oluyor ani misafir geldiğinde" dedi! Bu kadın da büyük star şarkıcı ha, yanlış anlama. Bizim ufkumuz bu kadar anam!

Ama bakın set başkadır!

Set öyle isteklerinizin filan sorulduğu bir ortam değildir. Dizi seti hele, hiç değildir! En büyük isimsen bile, çalışma şartları, mavi yaka demeyelim hadi, ama mavi yaka-beyaz yaka arası bir kalitededir. Yer yer inşaat şantiyesi koşullarının altına bile düşer.

BİR İŞYERİ OLARAK SET

Ben dergicilik yaptım. Tam bir kraliçelikmiş, sonra oyuncu olunca anladım. Nişantaşı'ndaki kaloriferli ofiste tavanlar alçak, masalar kalabalık diye şikâyet ediyorduk!

Setlerde bazen oturacak sandalye bile yoktur. Plastik tabureler kapışılır! Bakınız geceleri sadece pavyon çalışanları, bina girişlerinde güvenlikler, muhtemelen hastanede doktorlar ve sette oyuncular sandalyede oturup üstlerine ceket örterek uyurlar.

Sandalyeye gelmeden, dizi veya film çekiyorsanız ilk isteğiniz şu olmalıdır: **İnsana yakışır, hayatta kalınacak bir ısı!** Zatürre olmayacak veya sıcaktan bayılmayacak kadar. 20-30 derece arası bir rüyadır. 15-35 derece arası bile hiç dert değildir. Büyük konfordur böyle setler.

Oysa -3 derece soğukta, ışıkların da ısısıyla 45 dereceye varmış sıcakta çok sahne çekilir. Hatta genelde böyledir. **Ne yazık ki setlerde prensip olarak ters gidebilecek her şey ters gittiğinden, senaryoya gereken kostüm, asla havaya uygun olmaz.** Askılı ipek elbiseyle Mart ayında bir bahar sahnesi çekersin, termometreler 4 dereceyi göstermektedir, hissedilen, rüzgârla 1 derecedir! Eylül sonu kazak ve pardösüyle 36 derecede kurdeşen dökersin. Bu, yazılı olmayan bir kuraldır.

Aile Arasında, yaz mevsiminde geçen ve yaz mevsiminde çekilen bir filmdi. Ama elbette Eylül başı geceleri normalde 20-25 derece olması gereken İstanbul havası, Silivri'de çektiğimiz "Sıcak Adana düğünü" sahneleri esnasında 8 dereceye kadar indi! **Şahsen ipek elbisenin altına balıkadam kıyafeti giyerek yaşama tutundum!**

Set özenilecek bir şey değildir. Karavandan selfie atan oyuncuların filan güzel bir hayat yaşadığını sanmayın. Bir sürü kira verilen ve aslında yapım şirketi açısından bir lüks olan karavan ya tam ısınmaz ya klimayla 50 derece olur. Tuvaletleri iptidai bir tekne tuvaleti gibidir. **Bir de park edildiği alanın topoğrafyasına göre genellikle yamuk durur.** Tek dizinizi kırarak dengenizi zar zor bularak yürür, bir tarafa eğik oturur, yerçekimiyle kavga ede ede 14 saat geçirirsiniz! Eviniz burnunuzda tüter.

Hiçbir işyerinde işin vitrini ile geri planı arasında bu kadar dramatik fark olduğunu sanmıyorum. Abiye giysilerle yalıda oturan zengini oynarsın, "Kestik!" dendiğinde o ev maliyetten ısıtılamadığı için kış soğuğunda yalı ailesi sözgelimi "Görkemligiller" olarak, gazlı ısıtıcının yanına üşüşüp ellerini hohlayıp kırık taburelerde oturarak plastik bardaktan çay içersin!

Setlerde 14 saat çalışılır. (Eskiden 18-20 idi, bu sendikanın bastırarak elde ettiği bir sınırdır!)

Senaryonun gündüz ya da gece geçmesine göre mesai de ya akşam hava kararınca ya da sabaha karşı şafak sökünce başlar.

Set ekiplerini gürültü ve kalabalık sebebiyle kimse istemediği için nezih şehir merkezleri, medeniyetin bulunduğu mahalleler set ekiplerini kovar, adeta tükürür! **Onun için setler çoğunlukla şehir dışında, dağda bayırda, inşaat projelerinin daha çok karolarının altının çizildiği uzak yerleşimlerde olur.** Evinizden gelip gitmeniz saatler sürer.

Yemekler genellikle kötüdür.

Tuvalet azdır ve çok kişi kullandığından çoğunlukla temiz değildir. **Bazı dizi setlerinde tuvalet karavanı pahalı olduğundan oyuncuların etraftaki evlerde oturanlardan rica edip tuvaletlerini kullandığını duyarız.**

Kendi işlerimde ön şart olarak stüdyo ortamının belli bir ısıda tutulmasını, star oyunculardan teknik ekibe, herkesin aynı ve kaliteli yemeği yemesini, bir de tuvaletlerin sürekli temizlenmesini sözleşmeye koydurdum hep. Benim kaprisim bu oldu. Sağ olsun yapımcıların da anlayışı ve zarafetiyle bunları büyük ölçüde çözdük.

"KAÇ DAKİKA?"

Ama set her şekilde zordur. **Hep zamana karşı yarışılır. Sette anahtar cümle "Kaç dakika?"dır.**

Reji ekibinin işinin yüzde ellisi herkesin hazır olmasına kaç dakika kaldığını sormaktır.

– Şenay Hanım'ın saçı?

– Yapılıyor.

– Kaç dakika?

– 10 en fazla.

– 5 yapalım onu. Engin Bey?

– Giyiniyor, bıyığı takılacak.

– Kaç dakika?

– 5-10 dakika.

– Gecikiriz! Bıyığı alın, koşun kostüm odasında giyinirken takın, hemen alalım oyuncumuzu!

Daha ileri gittikleri olur bazen.

– Gülse Hanım nerede?

– Lavaboya gitti.

– Kaç dakika?!

– ...

Bunu söz konusu oyuncudan başka kimsenin bilmesi mümkün olmadığı için gelip tuvaletin kapısını tıklatırlar! Uydurmuyorum bak.

"Gülse Hanım, kaç dakikaa?" diye seslenirler kapının öteki tarafından!

Bu arada hakikaten bu konularda setin vaktini harcayan biri değilimdir. Tuvalete girmemle çıkmam el yıkama hatta diş fırçalama dahil üç dakikadan fazla sürmez. **İdeal bir oyuncu biyolojisine sahibimdir!**

Seslenirsin: "İki dakikaya çıkacağım, rujum sürülecek ve hazırım arkadaşlaar!"

Bu cevap tatmin edici gelmez. Tuvaletteki oyuncuya kapıdan ezber geçilmeye çalışılır. Vakit kazanmak için!

– Sahneyi geçiyorum o zaman Gülse Hanım. "Cengiz: Gizem bundan sonra sana aydan aya asgari ücret vereceğim." Gizem?

– ...

– Gülse Hanım sizin lafınız: "Nasıl bir askeri ücret? Mesela general maaşı gibi mi, normal asker mi? Hangi rütbeden asker?" diyorsunuz.

– Hayatım laflarımı biliyorum, ben yazdım zaten. İki dakika kendi başıma kalmam mümkün müü?!

Bunlar hep olur! Set budur.

AYILSAN DA BAYILSAN DA ÇALIŞACAKSIN

350 bölüm dizi yazdım çektim şu ana kadar, bir Türk kahvesini sonuna kadar içip bitirebilmişliğim çok çok azdır.

Ve 350 bölümde sadece bir kere "Ben iyi değilim" deyip seti yarıda bıraktım. Yarıda dediğim de 13. saatte filan.

"Jet Sosyete"nin sondan iki önceki bölümünü çekiyoruz. Sabah 2 suları.

Bol ezberli zor sahneler, sonra koşmalı, kalabalık figürasyonlu maraton sahneleri arka arkaya geldi. Çok tekrar almak zorunda kaldık. Zaten birkaç haftadır sabahlaya sabahlaya uzatmaları oynuyorum. Vücut tükenmiş.

Kestik, "Sonraki sahne, çok hızlı hazırlanın" dendi ama ben fenayım.

Gittim oyuncu odasındaki kanepeye boylu boyunca yattım. Dedim ki "Benim pil bitti! Ben ölüyorum galiba. Ya da bayılacağım. Çarpıntım var, tansiyonum düşük, kolumu kaldıramayacak kadar yorgunum ve saçma bir biçimde üşüyorum." Paramedik dediğimiz sağlıkçılar geldi. Evet çarpıntı var, tansiyon yerlerde. Bir şey yedim, su içtim, ı ıh.

Dedim ki "Arkadaşlar devam edemeyeceğim galiba, haftaya bıraksak?"

Rejinin derdi belli, yönetmen yardımcıları dedi ki "Aslında biraz yatsanız son bir gayret, siz yaparsınız!"

Kabul ettim: "Dur o zaman biraz dinleneyim, gözlerimin kararması bitsin."

"Kaç dakika?" dediler!

Evet. Çünkü dizi seti böyle bir şeydir

Sonra n'oldu diye merak edenlere dedim ki: "Arkadaşlar dakika veremiyorum, ama çalışırsam maksimum yarım saatte bayılacağım, durum ciddi! Hakan Hoca'ya haber edin, yapamayacağım gibi görünüyor. Bir konuşalım, son iki-üç sahneyi haftaya bırakalım."

Yönetmenimiz Hakan Algül geldi kanepenin başına, konuştuk. Sonraki haftaya erteledik sahneleri. Binbir özür diledim. **Ağır ağır kalktım, oyuncu odasından çıktım ... ve ne yazık ki o seti bir daha görmedim!**

Çünkü o hafta pandemi patladı! Bütün setler kapatıldı, sokağa çıkma yasakları başladı. O kalan sahneleri

mecburen değiştirdim, evlerden telefonla görüntülü konuşma gibi kaydettik.

Sonraki iki bölümü ise tamamen pandemi temasıyla evlerden kendi telefonlarımızla çektik. Ve "Jet Sosyete" evlerden çekilen bölümlerle final yaptı, hatırlarsınız.

Son dizi setimde, ilk kez seti yarıda bırakmış oldum yani. (Son dizi seti derken, şu ana kadarki son dizi seti. Panik yok! Aynen. Yazıyoruz bir yandan, susss!)

Dediğim gibi, bir sette ters gidebilecek her şey ters gider.

Ancak mavi yakalılar, sağlık çalışanları ve bizim gibi deliler set benzeri şartlarda hayatta kalabilir! Beyaz yakalı ofis prens ve prenseslerinin, ev hanımlarının, memuriyet isteyenlerin harcı değildir.

Ama bak pandemide ne üzüldüm setler iptal diye, ne özledim o yorgunluktan fenalaştığım seti. Çünkü işte bizim bu işler, berbat şartlarına rağmen yine de çok güzel işlerdir be ...

Arabesk rap'i anlayıp dinleme kılavuzu

Hep sağlık sorunlarını anlatan, üşüyen, şehirden şikâyetçi, mütemadiyen mezar yeri planı yapan, yorgun ve uykusunu alamamış arabesk rap'çiler. Gençler, müziğiniz güzel, bayılıyoruz da sözleriniz 80 yaş üstüne daha mı uygun?

Ben de bazılarını çok seviyor ve dinliyorum. Çoğu yetenekli, zor hayatlardan gelen, bir meselesi olan çocuklar.

Ve bu mutsuz, her şeyden şikâyet eden arabesk rap şarkıları o kadar popüler ki, zamanın ruhunu çözme açısından bir analiz yapıp meseleyi anlamak zorunda hissettim. Ne istiyor bu şarkılar? Dertleri nedir, hikâyeleri nedir, değil mi efendim?

Şarkıları incelediğimde, bazı cümlelerin, ifadelerin neredeyse hepsinde olduğunu fark ettim.

Dolayısıyla çalışmam esnasında arabesk rap'çilerin ortak yönlerini buldum ve kendilerine bazı çözüm önerileri getirmeye karar verdim.

ARABESK RAP'ÇİLERİN ORTAK YANLARI VE TAVSİYELERİM

– Sağlık problemleri var

"Kurumuş boğazım" diyorlar, "Karanlık ruhum" diyorlar, "Başım çatlar", "Gözlerim alev", öyle olmuş bedenim, böyle olmuş bedenim. **Hep bir ağrı sızı şikâyetleri var yani. Mütemadiyen de yorgun ve uykusuzlar.** "Öyle yorgun, öyle beter sabahlara kalktık", "Kanlı gözlerim, uykuya hasret" filan. Belki uyku apnesi ihtimali düşünülmeli. **Bir de sürekli üşüyorlar nedense. Sanırım kansızlar. Ya da içlerine fanila giymeliler.**

– Bitmeyen bir bunalımdalar

Dertliler. O bana öyle yaptı, öteki bana şöyle dedi. "Hayat berbat, hiçbir şey iyi değil, mutsuzum, başarısızım, bunalımdayım, herkes benden nefret ediyor ve her şey daha da kötü olacak" ana fikirli bir bakış açıları var. **Tam iyice karanlığa düştüklerinde, bir kadın şarkıcı araya girip "O kadar da değil kardeşim, abartma" gibisine bunların mood'u acık toparlıyor.** Sezen Aksu giriyor mesela "Gelsin hayat bildiği gibi" diyor, Sibel Can giriyor, ortama pozitif basıyor, ne bileyim başka bir kadın şarkıcı araya dalıp "Yaşanılacak günler var" diyor, adamları intiharın eşiğinden çekip alıyorlar Allah razı olsun! Kadınlar müzisyen tabii, daha ince ruhlular. Ben olsam derim ki **"Her işin ters gidemez, belki problem sendedir. Belki sen herkese denyoluk yapıyorsundur, hiç böyle bakmayı denedin mi?"**

– Bir mezar yeri takıntısı hissediliyor

Sürekli kendi mezar taşlarından ve ölümün yakınlığından bahsediyorlar. Azrail'in enselerinde olduğunu söylüyorlar. "Ölmek bile parayla lan kaç cenaze bedava", işte "Ölümüne yazıyorum ölüme inat", "Ölüm bahçesinde en kırmızı gül benim", "Ölüm yakın bize, ecel peşimde", "Tabutum gelir, selam okunur", "Azrail başımda" şu bu. **Kaç yaşında bu çocuklar ya? 25-30 filan değil mi?** Evladım hayat bu kadar da kısa değil! Allah geçinden versin.

– Yaşadıkları şehirden hiç mutlu değiller.

İstanbul'u da beğenmiyorlar Ankara'yı da. Sürekli **"Bu soğuk şehir"** diyorlar. Yav neresi o kadar soğuk Türkiye'de? Akdeniz ülkesi burası. Ilıman iklim. Ankara'da deniz olmamasından şikâyet ediyorlar sürekli. Ne yapmamızı bekliyorlar bilmiyorum. **Deniz mi getirelim Ankara'ya?** Taşın oğlum yani, ne diyeyim? "İstanbul kadar ıssız, ama Ankara kadar deryasız" diyorlar. Buranın da neresi ıssız gerçekten bilmek isterim. **"Üsküdar'ın her yeri yokuş" diye şikâyet eden var! Ne yapalım, topoğrafyayı mı değiştirelim sen sevmiyorsun diye? Yazdıkça bir tık sinirlenmeye başlıyorum bak!**

– Saldırganlık eğilimleri mevcut

Neredeyse her şarkıda bir "kurşun" lafı geçiyor. Silah merakı almış başını gidiyor. Bir ev basma, şehri yıkma yakma, bir kırma dökme, ama temelde bence sıkı bir dayak yeme peşindeler! Öyle bir şey olsa hemen kendilerine gelirler aslında! **"Vazgeçemem, evini yakacağım" diyor sevgilisine mesela. Nah yakarsın! Kanun var nizam var ulan! Tepem attı artık, evet!** Biliyorum, sadece şarkı sözü, sakinim, okey.

BU DERTLERİN GERÇEK SAHİPLERİ BAŞKA BİR KUŞAK OLABİLİR Mİ?

İncelemelerim sonunda şu sonuca ulaştım: Arabesk rap'i 80 yaş üstü yapmalıdır!

Bu kadar sağlık sorunu, uykusuzluk, şehirlerden nefret etme, üşüme, depresyon, şikâyet, huysuzluk ve her dakika mezar yeri konusunda bir plan, bence 80 yaşından önce olmaz!

Daha genç arabesk rap'çiler ise müziğin gereği, hal, tavır ve görüntü olarak o yaşlı ruha girmelidir. **Mick Jagger kendi müzik türünün raconuna uyarak nasıl 35 gibi davranıyor ve giyiniyorsa, bunlar da şarkılarının anlattığı dertlerin karşılığı olan yaşı görsel olarak yansıtmalıdırlar.**

Genç arabesk rap'çi, derhal dede giysilerine geçmelidir örneğin. Yazın beyaz keten, bağcıksız lastik ayakkabı, açık renk kumaş pantolon, üzerine yakalı, enine çizgili tişört ya da kısa kollu gömlek düşünülebilir. Bir de beyaz pamuklu mont! **Madem o kadar üşüyorlar, yazın dede montu giysinler, bana ne!** Kışın düğmeli örme yelekler, V yaka hırkalar, ekose atkı, zaten vazgeçilmez. (Siyah kapüşonlu sweatshirt'le, blucinle, yüzükle kolyeyle, mezar taşı planı yapamazsınız arkadaşım!)

Ama ideali, arabesk rap'in o sözlerle 80 yaşından önce ve hatta minimum üç kronik hastalık olmadan icra edilmemesidir. Arabesk rap geriatri alanına girer diyebilir miyiz?

Aslan gibi, taşı sıksa suyunu çıkaracak yiğitler tarafından icra ediliyorsa, zor hayat şartları söz konusuysa okey, ama o da yoksa belki de klinik depresyondur bu!

Ben de arzu etmem. Ama bir an önce yaşlılar, yani anlatılan dertlerin gerçek sahipleri devralmazsa, kıymetli bir müzik türünün çöküşü birkaç aylık antidepresan tedavisine mi bakmaktadır yani?

Aynı tehlike, sıradaki, mutluluğa fayda edecek öneriler içeren yazımı arabesk rap'çiler okursa da bulunmaktadır. Aniden hayatından fevkalade memnun, pembe beyaz, neşe dolu bir hale gelirse, arabesk rap'çinin müziğinin ruhu gitmez mi?

Arabesk rap erbabı, o bakımdan, siz lütfen şimdi gelen bölümü atlayın, direkt "Beni gözünüzde büyütmeyin" yazısına geçin. (Ve içinize bir fanila giyin, yine şehirde üşüyorsunuzdur kesin.)

"Seni yoran her şeyi bırak" türevleri var. (Çalışmayı da mı? Nasıl olacak o zaman?)

"Sen eşsizsin" ana fikrinde olanlar var. (Kimse eşsiz değil, hepimiz kuluz, isterseniz ikinci şıktaki dini kitaplardan teyit edebilirsiniz! Mersi.)

Yani "kişisel gelişim" binbir çeşit. Temelde "her şeyi bilen" kişisel gelişim uzmanı, harika bir hayata giden yol için bazı "sırlar" veriyor.

Bazen kitapla kalmıyor bu iş. İnsanları aç bırakanlar mı ararsınız, bir hafta küçücük kulübelere kilitleyenler mi. Mayoyla buzlara sokanlar mı, bir ay konuşmayı yasaklayanlar mı. Ne eziyetler...

Yazık değil mi ya vatandaşa?

Peki bu kişisel gelişimciler, kendileri o kadar gelişmiş mi?

Beni en azından tanıyor, biliyorsunuz. Gözünüzde büyütmeyin filan da çok şükür durumum bayağı iyi yani. Demek ki kişisel gelişimci olarak yöntemim neyse, nefis bir şekilde çalışmış gibi görünüyor. (Şahsen diyetisyene gitsem önce onun vücuduna bir bakarım, kendisinde işe yaramış mı diye. O hesap.)

Üstelik benim kişisel gelişim ve anti-aging kitaplarım çok kısa, kompakt! O kadar ki, bu elinizdeki kitaptaki şimdi okuyacağınız bölüme ikisini de sığdırdım.

Yani şimdi yazacaklarımı okursanız, sadece bir mizah denemeleri kitabından değil, genç kalma ve kişisel gelişim eserlerimden de faydalanmış olacaksınız. **Üç kitabı tek kitap fiyatına aldınız, uyanık köftehorlar sizi!**

Peki o zaman, başlıyorum:

ÖLÜM KORKUSUNU YENMENİN TEK YOLU

Demin yaşlılardan ve arabesk rap'çilerin mezarlık merakından bahsetmişken...

Nasıl ölmek isterdiniz?!

Hihii, durun ya, içiniz kararmasın hemen.

Çünkü ben bu konuyu düşündüm. Bakın bir tane canımız var, ölümden bu kadar da korkmamak lazım. **Bu kişisel gelişimimiz esnasında, hadi önce hep birlikte bu fobiyi atalım üzerimizden, kurtulalım.**

Sürekli gelecek planı yapıyoruz. Seyahat, aşk, iş, para pul, alışveriş, kilo verme, hatta hırsız alarmı, deprem çantası, yangın söndürücü, iyi kötü her senaryoya hazırlıklı olmaya çalışıyoruz. "Ona bir ara o hazırladığım lafı çat diye sokacağım, öyle bir dumur olacak ki, dur sen"e kadar her duruma bir planımız var.

O zaman ölümle ilgili planlarımı da paylaşayım, neden olmasın?

Bir kere herkes yalnız ölmekten çok korkuyor. "Yalnız ölmek istemiyorum!" Niye yahu? Ben yalnız ölmek isterim! Çünkü:

– Bir kalabalık olarak topluca ölüyorsak, çok büyük bir doğal felaket filan olmuş demektir, bunu arzu etmem!

– Tek başıma ölüyorsam ve ortamda bunu seyreden bir kalabalık varsa, çok korkunç bir şey yapmışım demektir. **Asıyorlar mı, elektrikli sandalyede miyim, recm mi ediyorlar, n'oluyor tövbe estağfurullah! Bu da tatsız.**

– Eğer aile, eş dost, tanıdıklar, yeğen, kuzen, torun torba, arkadaşlar filan tam kadro oradaysa da, **belli ki bir partide filan kalp krizi geçiriyorum!** Ay o da çok kötü, onu da istemem. Ne o öyle, herkese korkunç bir parti anısı.

Ezcümle, kalabalık eşliğinde ölmek istemem!

Ölümüm bir şok etkisi yaratsın da istemem. **Çünkü insanlar ölüm haberime evleri yanmış gibi "Nee? Nasıl yaaa? Olamaz! Niyee?" filan diye tepki veriyorlarsa belli ki hâlâ mini etek giyecek kadar gencim! Çok acı. Ne olmuş bana o genç yaşta, vah güzelim be!**

Minimum öyle bir yaşta olayım ki, insanlar ölüm haberimi duyduklarında en fazla **"Tiramisumuz maalesef bitti efendim"** haberine verdikleri tepkiyi versinler. "Yaa, tüh be" gibi hani. Burada belli ki en az 95'in üstüyüm.

Ama idealimde, ölüm haberimin başka bir tür şaşkınlıkla karşılanması var.

– Gülse Birsel vefat etmiş.

– Nasıl? Yaşıyor muydu o hâlâ? Wow.

Burada belli ki 110 yaşında filanım. Hayalim de budur.

Ama hâlâ plan program yapan, "Geceye bir şiir değil, yapılacaklar listesi veya ıslanmış fasulye bırakan" bir 110'luk olmak isterim!

Bakın bu egzersizi yapın, hayalinizdeki ölümü kafada kurun. "Geç olsun güç olmasın" ölüm için mükemmel bir tanımlama bu arada. Geç olan ve güç olmayan, drama yaratmayacak bir senaryo düşünün, hedef olarak planlarınız arasına koyup bitirin. Bak fobilerinizin yarısı buhar olacak! Aynı antreye yangın söndürücü koyup kafaca rahatlamak gibi.

Çünkü sette senaryo değişebilir ama sete senaryosuz girerseniz öncesinde ve o esnada panikten hayat kâbus olur! Yarabbim ne acayip teşbihlerim var, maşallah bana.

(Bu bölümü okurken sinirimiz bozuldu ve atlamak istediyseniz doktorunuza danışarak B vitamini alınız!)

Şimdi gerçek genç kalma tavsiyelerime geçiyorum!

GENÇ KALMANIN, OLMADI BOOMER'LIKLA BARIŞMANIN EL KİTABI

Açıkçası yaşlanmaktan korkmaktansa yaşlanamamaktan korkmalıyız. Zira yaşlanıyorsan, hâlâ ölmedin demektir, ki süper. Şahsen sonuna kadar yaşlanmak istiyorum. Ne kadar yaşlanılabilirse hepsini yapmak istiyorum.

Ama her yaşta da bir 15-20 yaş daha genç hissetmek ve görünmek zamanın ruhu ve gereği!

Genel kanının aksine, yaşlanmamak için:

– **Her şeyi takın, her şeye karışın, boş vermeyin, tüm sorunlarla ilgilenin.** Twitter'a sinirlenin, Halk TV'ye söylenin, iktidara kızın. Apartmanın girişindeki sönmüş ampul için sürekli yöneticiyi arayın. Restoranda garsonu çağırıp "Bu ne biçim tarator, bunda niye sarmısak yok?" diye sorun. Yapın bunları. **FOMO mükemmel bir şeydir. "Fear of missing out" yani bir şeyleri kaçırma, geride kalma fobisi.** En yararlı fobi. Bende var, hiçbir zararını görmedim. Siz de edinin. Kim, nerede, nasıl, ne yapıyor, ne film çıkmış, ne moda olmuş, dolar kaçta, herkes neler konuşuyor, yine neyi kaçırdım, sürekli aklınız çıksın meraktan! Bünyeyi diri tutun. **Yaşlılık huysuzluk değil-**

dir, yaşlılık hiçbir şeyle ilgilenmemektir! Yaşlılık köşede oturup uzaklara bakmaktır. Her halta böyle karışmak nedir? **Orta yaşlılık!** Ve hayatın zirvesi, kitabın ortalarında anlattığım gibi, orta yaştır. Sinirlenin, sevinin, üzülün, uğraşın, didinin, meraktan çatlayın, yorulun, hayat budur!

– **Meditasyon yapmayın!** Kendinizle baş başa kalıp ne yapacaksınız? Ne konuşacaksınız ki? **Meditasyonu boş verin, iyi hissetmek istiyorsanız durumu sizden kötü insanlarla görüşün!** Tabii. Hangi konuda yetersiz hissediyorsanız, o alanda sizden daha beter durumda birilerini bulun, onlarla takılın. Hayatınız bebeksi görünecek!

– **Detoks yapmayın!** Gıda detoksu, insan detoksu, arınma filan, hepsi yalan. Hatta sakıncalı. Vücut mikroba, pisliğe, toksine alışacak ki kendi kendini temizlemeyi öğrensin! Diyelim bir hafta deniz kenarında vegan takıldın, yoga yapıp kuru fırçayla vücudundan ölü deri attın. Aferin. **Yarın Mecidiyeköy'deki işyerine giderken soluyacağın muhtelif gazlar, öğlende yiyeceğin sanayi köftesi, metroda yanına yapışarak oturacağın, değil vücut fırçası, diş fırçasından bile bihaber vatandaş ne olacak?**

Bu ülke toksine alışık, sinirle, zehirle, stresle, gazla tozla baş etmeyi bilen insanların ülkesi. Adaptasyonumuz buna göre zaten. Norveç fiyortlarında oturuyormuşuz gibi yapmayın, ayarlarınızla oynamayın. Sizin partiniz bile başka türlü. **Siz asbest gazı dolu bir apartmanda sigara ve kömür dumanı soluyarak içinde ne olduğu belli olmayan fast food ve kimyasal cipsler tüketerek arabesk rap dinleyip dans ediyorsunuz.** Size bir şey olmaz!

Bu arada yaşlı görünmekten, boomer denmesinden filan da bu kadar korkmayın! Boomer'lık bir yaş değil, evrensel bir ruhtur. **En son Eurovision'lara bakın mesela. Görüntüyü biraz bozun, göreceksiniz ki 2024'ün 1984 Eurovision'undan hiçbir farkı yok ve hâlâ bütün Avrupa gayet memnun mutlu izliyor.** Demek boomer'lık bir yönüyle Avrupai bir şey!

CİDDİ CİDDİ MUTLULUĞUN SIRLARI

Şimdi diğer kişisel gelişim kitabıma, mutlu olmanın yollarına geçiyorum.

– **Bir beyniniz var. Ve beyin kullanılmak ister. Hep açtır. Eğer beslemezsen gider çöpten beslenir!** Vesvese yapar, fobi üretir, korku dolu senaryolar yazar, onu bunu kıskanır, bunalır, sonunda alev alıp kendini yakar! Beynini bilgiyle besle, geceleri rahat uyursun. Boş kaldığında vur bir kitap, vur bir belgesel, vur bilgi dolu bir sohbet. Tarih olur, tıp olur, sanat olur, teknoloji olur, ne seviyorsan. Ooh beynin de rahat etsin sen de. Hem de bilgileri sonra etrafta satarsın, seksi olur. Öğrenmek bir partidir!

– **Komedi seyredin, gülün. İlaçtır.** Endorfin salgılanması artar. Stres azalır. Serotonin basar her yerini. İyi gelir. Bilim bu bak. 350 bölüm dizi, iki film yazdım oynadım size. Her gün birini vursan, bütün yıl rahatsın. Gelecek yıl baştan başla. Veya dur, yeni işimi seyredersin artık gelecek yıl. (Kıps!)

– **İyilik yapın. İyilik yapmak da vücuttaki endorfini yükseltir.** Pamuk gibi oluverirsin. Neşen yerine gelir.

– **Hiç fan'ı değilim ama hareket edin.** Spor aşırı sıkıcı, buna katılıyorum. Ama serotonine de zirve yaptırıyor alçak. **Belki dans mans edersiniz, o zevkli mesela. Veya kulağınızda sesli kitap, podcast filan, uzun yürüyüşler yaparsınız.** Hem öğrenme hem spor, müthiş.

(Bunları insanlığa faydalı olun, cennete gidin diye söylemiyorum ha. **Bunları keyif verici maddeleri doğal ve legal yollardan nasıl elde edebilirsiniz diye anlatıyorum!**)

– Bir konuda çok bunalırsanız:

1. **Kahve içmek pek çok şeyi çözer.**
2. **Şöyle bir boy yürümek neredeyse her şeyi çözer.**
3. **Derdi tasayı sizi seven birine anlatıp, acık da onu bunaltmak hafifletir.**
4. **İyi bir uyku yaralarınızı sarar.**

Bunları istediğiniz sırayla yapabilirsiniz.

"Mantra'mız ne?" diye soran olacaktır. Çünkü her kişisel gelişim kitabında "Ben her şeye değerim" benzeri cümleler oluyor son yıllarda. Ki bu zaten mantra değil L'Oreal'in sloganı galiba. L'Oreal'in sloganı "Çünkü ben buna değerim" de olabilir, emin değilim. Kozmetik için iyi, ama hayat için daha iyilerini biliyorum:

"Hayırlısı", "Su akar yolunu bulur", "Bu da geçer yahu", "İyi düşün iyi olsun", "Nasip kısmet"; bunları yüzyıllarca denenip başarılı olmuş mantra'lar arasında sayabilirim. Başka bir mantra'ya kefil olmam!

Bence gayet kompakt, pratik ve ücretsiz bir kişisel gelişim/anti aging el kitabı yapıverdim ayaküstü.

Güle güle kullanın.

Beni gözünüzde büyütmeyin!

Beş-altı yıl önce. Cihangir'de ofisim var. Dizi dönemleri orada ekipçe çok kutlama yaptık. Daha da bir sürü yapacağız inşallah.

Güzel zamanlardır bunlar. Mahalle de oyuncu mahallesi olunca, dizide beraber çalıştığımız arkadaşlarla kalmaz, onların oyuncu arkadaşları ve onların da partiyi duyan başka oyuncu arkadaşları gelir. Herkes birbirini görür, muhabbet eder. Uzaktan bildiğin ama tanışmadığın sanatçılarla ahbap olursun, kaynaşırsın.

Bir arkadaşımız, daha önce tanışmadığım ama çok yetenekli bulduğum bir oyuncuyla geldi partiye. Balkan kökenli, çok parlak bir aktör. Çok kibar, çok zarif, mahcup, **"Davet edilmeden geldim ya, kusura bakma"** dedi defalarca. Ben, bilakis geldiği için çok mutlu olduğumu söyledim, o defalarca teşekkür etti, ben defalarca karşı teşekkür ettim.

Arada birbirimizin yeteneğine, işlerine iltifatlar ettik.

Ofis kalabalıklaştıkça başka arkadaşlarıyla karşılaştı. **"Ya senin sayende herkesi bir arada gördüm, bizi bir araya getirdin, ne iyi ettin"** diye tekrar teşekkür etti, ben yine **"Her zaman bekleriz, lütfen gel"** diye karşı teşekkür ettim filan. Pek memnun. Ben bayılırım misafire, ben daha memnun.

Senaryo ağzıyla "Kestik."

İç. Ofis. Gece (Üç saat sonra)

Herkes bir yerde oturmuş. Muhabbet koyulaşmış. Biri gitar çalıyor. Eh parti bu, zaten içiliyor, ama Balkanlar da içmeyi hepimizden iyi bilir malumunuz. Oyuncu misafirimiz kanepeye uzun oturmuş, keyfi de gelmiş, fonda müzik. Durdu durdu, gülümseyerek ve uzandığı yerden tavana bakarak, duygusal bir tavırla, kendi tatlı şivesiyle dedi ki: **"Arkadaşlar bu sarı gafa var ya bu sarı gafa, hepimiz şu anı ona borçluyuz!"**

Mahcup bir sesle dedim ki "Ya teşekkür ederim, evet ne iyi oldu."

Ama aktörümüz bir şey demedi. Gitar mitar çalınıyor. Duymadı beni galiba.

Birkaç dakika geçti. Bu sefer dedi ki:

"Bakın bu sarı gafa olmasaydı hiçbirimiz burada değildik şu an, biliyorsunuz değil mi, ona içiyorum." Ve kadehini kaldırdı.

Ben de kaldırdım bardağımı, dedim ki "Afiyet olsun, estağfurullah ya, her zaman bekleriz."

Devam etti:

"Bu sarı gafa çok büyük bir insan, dünyaya bir daha da böylesi gelmez arkadaşlar, biliyorsunuz di mi?"

Artık müdahale ettim:

"Ay teşekkür ederim, yani yazıyoruz oynuyoruz, evet komedi yapan bir avuç insanız da yani, mahcup ettin artık" dedim.

Misafirim duydu bu sefer. Döndü, doğruldu, bir bana baktı, kaşlarını çattı ve şöyle dedi: **"Atatürk'ü diyorum ya!"**

Hiii! Tabii ki!

Yahu tabii ki Atatürk'ü diyor. Çok mantıklı! *Aile Arasında* filmindeki Leyla'nın repliği gibi "kafamda bütün parçalar yerine oturdu!"

Elbette hepimiz her anı ona borçluyuz, elbette o olmasa hiçbirimiz bulunduğumuz yerde değildik ve tabii ki dünyaya bir daha Atatürk gibisi gelmez.

Peki sen ne alaka bacım? **Sen niye atladın her lafa? Dünyada bir sarı saçlı sen misin?** Of rezillik.

Domates gibi oldum utançtan, şakaya filan vurdum. Sen kimsin ki bütün bu övgüleri üzerine alınıyorsun ya?

Ama bakın işte, fazla gözlerde büyütülmek insanın aklını alır böyle! Sakat iştir.

Övgüye, alkışa çok alışınca, her güzel sözü üzerine alınıp, kendini kendi gözünde de büyütüp rezil edersin. Ve iş kendini Atatürk zannetmeye kadar gider! Gitmedi tabii de, yani sözün gelişi. Bir-iki arkadaş ilerleyen saatlerde yanımdan geçerken **"Gülsem, mavi gözlü dev, n'aptın o işleri?"** filan diye laf çaktı gerçi. Duyup çaktırmamış, şaka için doğru zamanı beklemişler.

Bu kitabı Türkiye'de bir mizahçı kadın olarak yazabiliyorsam, bunu da Atatürk'e borçluyum. Gözlerde büyütülüyorsam, onu da borçluyum hatta. Bu ülkede gözlerde her konuda büyütülmeye layık, ama zaten olduğundan daha da büyüyemeyecek tek isim vardır, aktör arkadaşımın dediği gibi: Atatürk.

En başa dönersem...

Kitabın isminde de dediğim gibi, beni gözünüzde büyütmeyin!

İşini iyi yapmaya uğraşan biriyim ben. Ve yaptığım da komedidir sonuçta.

Ben sadece insanlar gülsün istiyorum.

Ve aslında dünyada en çok da benim memleketimin vatandaşları gülsün istiyorum.

Herkes böyle istese keşke. Her siyasetçi, her vatandaşımız, diğer bütün vatandaşların çok mutlu olup sabahtan akşama kadar yüzlerinin gülmesini istese. Mükemmel olmaz mıydı? Pek çok sorunu çözerdik sanki. Ama yok, illa sadece bizim taraf gülsün!

Olmaz. Etrafta herkes mutsuzken kendi kendine gülene en iyi ihtimalle deli derler!

Çünkü gülmek tek başına olmaz. Biliyorsunuz kolektif bir eylemdir. Tadı öyle çıkar.

Zaten onun için, baktım bazı şeylere kendim gülüyorum, olmadı, dayanamadım bu kitabı yazdım ki hep beraber gülelim.

Ben sizi biraz güldürdüysem Allah da, hepimizi ve hep beraber güldürsün! Âmin.

Herkese tek tek sarılırım, hoşça kalın...